相見歡

魔頭貝貝詩選

目次

棘手經

鐵的冰——空氣。爐邊妻子
剝著蒜瓣，哼著歌曲。
衛生紙蜷成團縮在
廁所地面的塑膠簍裡。

我寫過那麼多
擰緊了瓶蓋的詩。裡面裝著
一柄斧頭，一把灰燼。
沸騰湯鍋中的骨肉——每天
都要坐在馬桶上，若有所思。

2014.2.15.22:48

憶樅陽・贈石灣老哥

床單上星星點點
煙頭燙的洞。
滿地東倒西歪啤酒瓶。又一次
細雨紛飛。像故人來訪。

窗外湖面幽幽的反光。
遠處漆黑中隱匿的群山——
很久以前，外婆用竹簍背著我
在那兒掐韭菜。那時我們
是一個整體。像農藥裝在瓶中。

2014.3.9.1:20

含笑經

幸福就是和永偉
在高記大鍋滷肉
盛夏，深冬，喝幾盅小酒

幸福就是
春日草坡上，與老母親閑坐
曬太陽，聽手機裡大悲咒

天地真的
不需要人類

幸福就是
喜鵲喳喳，藍得沒底，恰好
有風拂過

2014.3.9.14:14.酒中.含笑樹下口占

日損經

下午四點。和老母親散了會兒步。期間
談到失蹤的飛機，吃香椿
一定要用開水焯一下。然後
並排坐在草坡。曬太陽。聽手機裡大悲咒。無言良久。

有的沉默像牆角堆積的空啤酒易開罐，天天增長。
有的沉默。像眼前海棠花，淡粉，風一吹，片片零落。
有的沉默像你
剛剛完成了一首詩——把痕跡交錯、反復塗改的
滿滿一張白紙，倒扣桌面，使之看上去什麼也沒發生。

2014.3.30.5:41

母子經

媽媽菩薩。我曾把一盤菜潑到您臉上。
媽媽菩薩。這些年我只給您買過一件衣裳。
媽媽菩薩——當時我不知道——當我

知道的時候：一片星空粘住了我的嘴巴。

2014.3.31.15:04.酒中.含笑樹下口占

萋萋經

謝了的海棠。欲開的含笑。手機裡傳來的
般若佛母祈請文。雨水滴滴嗒嗒沉默著。

香樟枝葉間怕淋濕的斑鳩、麻雀、八哥。
天地間，怕轉瞬即逝的骨肉。
又一次，撐著傘，和母親散步。
風中柳絲嫩黃輕拂。像某種情感沒法說出。

2014.4.11.18:42

寄居經

鎮政府門口一對巨大石獅子。用來壓制百姓。
樹林中，嘈雜鳥鳴裡，晦暗降臨。為了讓體內睜開眼睛。
我喜歡我家屋簷下四隻燕子。

我喜歡母親。當她用安徽話歉疚地說兒子你個子矮
都怨我——我一陣揪心。
古老、普遍、只屬於我一回的感情
——像剛剛鑿好的墓碑那麼新。

深夜有時樓下我在借弟弟兩萬給妻子開的小美容院寫作
或獨飲。有時站到鏡前。凝注著另一個彷彿是我的五官。

2014.4.13.0:18

清明經

晨曦中幽暗的祭品：萬物。
開在相框裡，笑容。一小時車程。另一生，就被拋到腦後。

然後她忙著給樓上
打麻將的做午飯。餐費二十桌錢四十。不時傳來舅舅的安徽口音。

頂層露臺。一口鋁鍋內，小烏龜趴在大烏龜背上，曬太陽。
小時候，群山懷抱中，外婆也這樣用竹簍背著我，不知農藥滋味。

2014.4.17.1:04

彈指經

院內。從巢穴飛落晾衣繩，四隻燕子。當我開燈。

窗外樹門緊閉。只有陽光，才能打開它們的翠綠。

睡夢就是練習死。

想到一些事。那些一代一代被忘記的，化為繁星。

2014.4.18.17:54

穿過

臥龍崗——

傳說諸葛亮在此隱居。後來據說是假的。
不管它，我還是被生出來。
兩歲，一個姐姐披肩髮。我要她，給我
摘那朵花。我已記不清她什麼模樣。
我第一次吃到麵包。
飛機在頭頂每天轟隆隆響。

白蕩閘——

把手伸進洞裡摸老鱉卻拽出一條蛇媽媽呀。
舅舅挑著籮筐，一頭是弟弟，一頭是我；
不遠的小山丘，一匹狼；
抽出扁擔瞪著它直到它長嗥一聲走遠了舅舅一屁股坐地上。
五月，山坡的灌木叢，偶爾能發現草莓
——「那是蛇吃的，人吃了，會毒死的」——
外婆說那叫「蛇果」。「大頭大頭，下雨不愁」——
他和我們鄰居，他傻。

炸藥庫——

我始終沒看到過炸藥。
我只記得兔子和桃子。
割罷麥，兔子滿坡地亂竄。
用槍打，用夾子夾。
桃子不中看，齜牙咧嘴的。但紅，但甜。
兔子被剝皮。瞪著眼，鮮血淋漓。

雙石碑——

我也始終沒看到兩塊石碑。
我只記得皮帶和耳光。
我只記得欺騙、偽善、腦漿。
從窯裡往外搬磚。除了眼球是黑的
牙齒是白的，全身，都灰溜溜的。
一上午喝一大桶涼水。不是渴的，而是熱的。
除夕，值夜班，一個人在院子裡來回走
聽見遠遠的鞭炮聲，哭了。

田李庄——

喝了兩杯我們摸黑來到野外。
玉米已經收割完畢，到處都是秸桿。

一陣縱火的衝動。
有點兒濕，燒起來劈啪響。
蹲在田埂上，如水的月光中
我靜靜地方便。幾米開外，老丁大聲歌唱。

官庄鎮——

總有可能離開你想離開的。
時間在虐待，地址在拘留。
發生的事，轉移到鏡子裡。彷彿從未發生。
彷彿用兩句話，解釋一句話，越來越說不清。
此處盛產紅薯和小麥。
你的鄰居叫空虛，你的哥哥是悲鳴。

2001.11.7/2002.4.26/2014.4.21.23:18

整晚的音樂

很快天就黑了。我們來到麥田
劃燃火柴。燭光
在月亮下，不那麼明顯。
我抽著三五牌香煙，你也要。
春天了，還有些冷。

從學校出來，四周沒人
多麼自由、大膽：我攥住你的手。
你的毛衣散發一股好聞的奶味兒。
你笑了——「你有戀母情節」。

西安我第一次見到老外。
高鼻樑，大屁股，有的頭髮
白得像捲曲的羊毛。那是八八年夏天。
九一年四月晚十點，我們登華山
同行的有馬輝峰、仇炎琳。

我只顧自己痛快，一路小跑著下山，沒有
及時地拉拉你，扶扶你。你噘起了嘴。
還記得南陽擠公交，我把手放在
你抓著車門的手上。你也噘起了嘴。

那時戴著眼鏡，一點也不好看
當我頭回見到你。那時我對你沒感覺。
你什麼也不會畫這可怎麼辦怎麼
考試啊你很著急。
你是從採油轉學到這兒的。你還是小記者呢。

我第一次親吻女孩子。心嘭嘭跳。你把舌頭
伸入我口中。
我急著解你皮帶可怎麼也解不開。
我在你身上亂摸。我射了。

這些年，你在哪裡。雖然你姐姐就住附近。
時間把很多事
搞得面目全非。也許我的記憶出了差錯。
也許某個地方，某個時候，你曾遠遠看著我。
也許某個背影是你，但我沒認出。這都有可能。

不可能的是，我還十七歲，你仍那個樣子
我們經常一塊兒蹺課。
華中師範，桃花後面，樹林裡，我輕輕
咬著你的耳垂——欲言又止，閃耀的群星。

2003.1.2/2014.4.22.0:42

在未來

下午光線柔和。
捧著遠方的詩，在樓頂，小凳子上獨坐
旁邊是幾瓶啤酒。
有那麼一次，往樓下撒尿。野草中
幾棵向日葵，突然變成閃爍的黃金。

微風吹拂臉頰。頭頂喜鵲喳喳。
三隻黑白相間的喜鵲，在兩米開外
一棵濃綠大楊樹上。
隱秘的激情，迫使它們歌唱。
它們歌唱在兩米開外，幾座墳塋上方。

我停下閱讀。又咬開一瓶。
我注意到陰影，已經越過了身後的廚房。
有時候偶爾早起，會看見你在那兒做飯。
光線清涼，斜射到你肩膀。
我摳掉眼屎。蹲在廚房門口刷牙。

油煙騰起，飄出窗紗。
有時候抱著你能聞到你
頭髮上的油煙味兒。

有時候你做飯的樣子使我
想起很多年前。朦朧的早晨，媽媽
已經將飯菜擺到桌面，然後拉亮我和
弟弟臥室的燈，用安徽樅陽口音喊
大錢寶錢，起來上學。
通常是玉米糊，煎雞蛋，一碟豆腐乳。

通常是醋泡油炸花生米，我下酒的小菜。
當我喝醉時搧了你你哭著捂著臉。
不認識你之前，喝醉了
我通常和弟兄們在街道瞎逛。
掀桌子，摔瓶子。
後來他們都進去了我單獨發酒瘋。
挨了幾次打。額頭至今有道疤。
後來我喝醉了不敢外出。在家裡
搧了你幾次臉。
我感到內疚。為前些年，搧了你幾次臉。

那天喝醉了但還有意識。
扶著牆，從樓頂下來。
把詩集塞進書櫃。又在書櫃裡亂翻。
一本書中掉下一張相片。小學畢業合影。
劉濤笑得有點兒傻。肖荷——
當時真是小荷啊——表情顯得
與年齡不相稱地嚴肅。

其餘大多記不起名字了。也不知
都在哪裡。有一位據說已經去了天堂。
我個子小，站在最前排。

紅領巾，白襯衫，藍褲子，白球鞋。
微微側著身體。眼睛明澈，面向未來。

2007/2014.4.22.1:38

在平常裡

寫詩直到天色發白。我仍一片黑暗。位於
張開的上牙和下牙之間。
身外默默的萬物。我喜歡你，對她有感情：在睡前。

醒來我吃蘸了辣椒醬的饅頭喝
放了枸杞子的豆漿就像金錢豹
與綿羊結婚。十四年了，他和她掛在牆上。五千年
什麼都沒改變。即使神六奔月。
一個三十六歲的男孩用陰道手淫。

目睹使我不得不相信。我到市場，途經吊著的屍體。
我讓他割下，剁成小塊。不止一次，利刃劃過眼睛。
傳統的一道好菜，很下飯，蘿蔔燉排骨。

晚餐我們回父母那。老母親遞過一本來自武漢的書。
很多個春天過去，我還記得那個春天。東湖岸邊
她笑著把一捧青草扔在我頭上。嘩啦
一條大魚躍出又跌回窒息它的浩瀚水面。
我還記得那瞬間的優美弧形，那曾經的銀光點點。

2009.3.6/2014.4.22.2:18

喪矣經

拿著手，但忘了昨夜星辰，市場買賣的人們。
像起著啤酒瓶蓋：撬我的嘴，戴著口罩的語言。

正寫著一首詩，那個在垃圾桶內翻尋的老婦。
只一瞬：從含苞，到斧頭靜靜沉潛水底。

已經很深了，春。傍晚的熙攘和柔光中，比山裡的
溪流還清淺，抱著小孩的母親。像用來解渴的寺廟。

2014.4.25.0:48

苦哉經

風雨。室內。全家圍著熱氣騰騰火鍋。
我外甥隔著餐桌口齒不清喊我妻子女舅舅。

電視裡還在搜索墜入大海的飛機。多年來
每到吃飯時間，我就忘了從前獄中的一灘腦漿、血跡。

螢幕上那些親人哽咽著。像劃過新聞聯播的一群流星。
天地間，我往母親碗裡，夾了她最愛的一顆雞心。

2014.4.29.0:28

還魂者・贈雨人老哥

歸來的燕子將繁殖
可愛的可怕。像嬰兒裡面的老人。
陽光好得值得傷感。
被鉗子夾著，被遺忘
透明地泡著，下午三點。
一個你不認識的你，被禁止上岸。

幼稚園朗讀警報。
鐵的固執，仍整齊地鏽著。
鏽是一種前進。每邁開一步就得到
廢品。
閃耀在往昔，荷爾蒙與紙飛機。
唐朝的杜甫和今天的獨夫。

現在的恍惚的囚徒。當小酒館
測量著大世界。
當茶葉店挨著按摩店她豐滿如錢包。
每一天都被動地
被花出去。不帶一點波瀾。

波蘭我至今還沒去過。也不打算。
我打算糖醋大蒜。
每一天都是正在解剖的法醫
眼裡的蝴蝶，飛過太平間。
每一天都是高速公路
上的罰款單。你得跟上瘋狂的速度。

近似爐火純青的演員，雲朵的情調
——只是移動，什麼也不說。
鳥在鳴叫。像在慶賀
不必向樹木出示暫住證。
很長時間，微風翻閱著我的戶口簿。

你的蜘蛛在你周圍結網。
我註定是你的臨終一瞥。
兒童短，絲線長。你拽著我另一端。
一個飛行的痕跡，由於你的牽引
免於被摔碎。

把神經按在井底，柳樹下，吐血的
少年露出被刮掉的魚鱗的微笑——
當生硬的推銷員
推給他一截拐彎的鐵軌。
我是你的指尖。指著晚報上
清晨的消息。

陰莖決定的角度使草
綠得像青春期。
春天黑得
像褲襠裡的蟋蟀唧唧唧。
印刷出來的耳光，搧著固若金湯。
後來你放鬆了——一陣坦白
的大雪，澆築著薄薄的三月。

棺木的投影照亮群星。
省略使寫作變成了下沉
的上升——從你緊閉的蚌殼中
撬走一滴血。
一滴酒滴進難眠。
一滴淚滴進苦海。

燒焦的戒指戴在波紋手上。
泡沫的頭顱，左右流動的軀體。
刺破的一躍。倏忽又跌回去。
野外獨木橋，突然橫亙在我們之間。
一個你沒料到的你，在我遠處醒來。

2010.3.21.15:40/2014.4.29.20:08

面具經

攥著的手裡：一陣陣風，驚動樹葉。
黯淡燭光下，酒杯
斟滿夜色的喑啞。
如用微火油炸花生米，直到劈劈啪啪裂開，一口深井，獨飲著自己。

某一刻，無休止的生死中，浮出花苞一朵
……轉瞬即逝。那可能是希望——當身後的影子，呈現羽翼的形狀。

2014.5.1.22:28

旁觀經

茶葉靜靜沉到杯底的涼下來的夜。如擰上蓋子。
許多年過去了。月升日落：稚齒和白髮。
眼前一隻蒼蠅嗡嗡。彷彿花叢蜜蜂。隔壁
輕輕打鼾的妻子，夢見久已故去的奶奶，向她要一輛飛鴿牌兒自
　　行車。

隨手翻開。折過角的那頁，再讀，沒了當時的怦然。
當時多麼朝露，清晨鳥叫新鮮。

茶几上一塊傍晚吃剩的西瓜。像散落的血，凝聚一處。
窗外的風。如那會兒在看守所，一群睡著的光頭間，他抑制著的
　　哭泣。

2014.5.5.0:28

如在經

值夜班。羅羽突然來電。我說這兩天進京。臥夫大哥去了。

他資助的油畫顏料，筆，松節油，此刻還在我家二樓西邊屋裡。

此刻，趺坐。從手機，反復聽馬常勝獨釣寒江雪。
窗外雨停了。懷柔山間黑咕隆咚的花草樹木，曾接納過他光潔的
身體。

無知者夢到千姿百態，此刻。此刻目中無人，觀我淚流滿面。

2014.5.11.2:04.東區值班室

無藥經・兼吊臥夫大哥

含淚的面具從殯儀館湧出來了。酒桌旁又戴上了笑臉。
窮人的夜，遠眺起來更明亮：口袋裡零星的紙幣，有老母親硬塞給的兩張。

流過螞蟻的世界，億萬年光陰。再一次，一朵黃月季花
開放北京健翔橋邊。宛若祭奠。宛若喊叫的嘴唇——沒有聲音，徒具其形。

2014.5.19.21:42

幻網經・兼吊臥夫大哥

無聲的閃電。卻不雨。像剎那的念頭，沒在紙上形成供詞。
熱油裡蔥薑蒜滋滋啦啦響著。案板上：剁成一小塊一小塊的骨肉。

像鍋鏟，活著：必須不停地翻來覆去，才不至於把事物弄得焦糊。
家家戶戶的腸胃都在蠕動著——
只有他，赤身裸體、冷冰冰，躺在懷柔山中，獨享著萬古的寧靜。

2014.5.28.22:14

牢籠經

透明玻璃罩中，屋簷下，從窩巢跌至地面，一隻雛燕。搬梯子。放回去。小小的惻隱。彷彿面對自己。

門邊苦槐將要吐露細碎的白花。那些殺雞的，宰魚的，在藍天映襯下，好像握著被強行塞到手裡的刀子。

好像醒著，看著夢。說話沒有聲音，行為沒有道理，蚯蚓般，血淋淋的腸子，爬滿了牆壁和天花板……

昨夜完成了一首詩。誦楞嚴經卷第四。導師久已指明了跳出井底的路。擋在半途：你的眼神，我的陰莖。

2014.5.29.23:42

牙慧經

日落前，一群群鳥從西邊遠處飛入文體中心旁的小樹林，嘰嘰喳喳。有二十幾根白髮的我和有上千根白髮的母親，肩並肩，朝各自家的方向走去。路過街邊攤點，她給我買了個西瓜。然後我們分開。她回頭忘了我一眼：柔柔的餘輝。

獨裁者：明月。千姿百態，一棟棟規規矩矩樓房裡的囚徒，白白燃燒。他刻意點起蠟燭，照亮桌面上七八罐青島。隔壁，他妻子盯著電視。偶爾突兀地哈哈哈哈地笑。校園內，上晚自習的中學生們兩腿間——精子和卵子，蠢蠢欲動。

2014.6.17.22:48

客主經

雨水。高記大鍋滷肉。青島，綿柔尖莊，切開的心、洋蔥，永偉和我。女貞樹上，不疼的麻雀，熟視無睹。陰雲帶來的兩股高興。

被她擊出的一道漣漪：一朵
詩——彷彿黃連被釀成了蜂蜜。從一具身體轉移到另一具身體，我們頻頻舉杯：在尚未出生的逝者腦海裡：在隱形的禿鷲眼皮下。

2014.7.3.22:04

藹藹經

風中，拂動的柳絲彷彿在說著什麼……
鵝卵石小徑，不喜歡文學的母親來回走著，沒聽見；我跟在後面。

孩子們故意踩踏積水，笑鬧著。在一代一代的媽媽愛著的眼睛裡。
身旁，昨夜淋過雨被壓彎的青草又挺直了。彷彿逝者踮起了腳尖。

2014.8.27.23:18

淺知經

菜刀剁案板的溫馨。
兩隻碗：兩朵不再互吻的嘴唇。
像在遮掩下面發生的
千篇一律的事情，烏雲
蒙上了月亮的眼睛。

你睡著時雨終於像懸著的心落了下來。
默默中，室內蟋蟀唧唧親切如
母親的叨叨——一道
只屬於我一生的閃電……

被鋸過的人流入黑暗的下水道。
酒杯裡，那些淡淡的臉。

2014.8.28.20:28

俯首經

路邊綠化帶
香樟樹上麻雀朝女貞樹上斑鳩喳喳著。
秋意在不斷加深：吃肉的欲望和
詩中的黯淡，在漸漸增長。

一個瘋傻流浪漢仰臥草坪，翹著二郎腿。
他腦袋裡的世界，像一輛經過的客車
——不知從何而來，又向何處而去。

2014.9.3.22:58

破相經

暮晚。曠野一棵樹，向上伸著徒然。

他們在我家二樓打麻將。一桌收四十。一星期的生活費。

萬家燈火。彷彿在一眼深井裡。

從剛剛凸起的喉結到零星的白髮：窗口好像曾經打開過。

2011.9.15.3:03/2014.9.10.2:48

緘默經

1

夜晚。深深洞穴裡：七八個東倒西歪啤酒瓶。

妻子在隔壁沉睡。庭院中，屋頂上，雨瑣碎。

2

早晨。半隻吊在鐵鉤子上被剝了皮的羊。

沒工夫區分冥幣人民幣：幾條肉案下逡巡的狗。

3

牛欄山二鍋頭。蘿蔔乾炒臘肉。

在最底層：我用頻頻舉杯，一次次添柴。

4

遠去的事物是下酒的好菜：蜻蜓點水留下的波紋。

摔瓶子像把我棄擲向世界：手和身體，離別似的緊握。

2011.8.10.0:33/2014.9.10.3:18

甘露經

1

白鵝的烏雲反映在村口池塘。

突如其來，解藥：雨的鑰匙，插入了緊鎖的青黃玉米地。

2

美人蕉更紅豔：像是汲取了更多暗暗的血：從五月十二
日的汶川，到七月二十三號的溫州，到利比亞的的黎波里。

3

濛濛中我用稿費給媽媽買她沒吃過的鮑魚。

拆開即食的包裝盒裡——有我，也有你。

4

這時候最好辣酒半斤。
杯具的小船輕快，劃進彷彿是我的悲劇。這時候最好電閃雷鳴。

5

蝸牛細長細長、彎曲的白涎。二十幾分鐘的二十多年。

更藍了。叫得更歡，燕子。滿地碎花：被活生生刮下的鱗片。

2011.9.3.5:18/2014.9.10.3:44

空花經

雨夜。仍晾在院中的衣服：幾具黑黢黢的屍體。
窩巢內，燕子久已入睡。在人的繁星般的夢裡。

東半球的恬靜流著你的血。
郊外荒灘，一座座墳——一群不再不安的瞎子聾子和啞子：
在白晝，風與陽光的撫弄下，如一只只青青的寂寞的乳房。

2014.9.11.22:18

無稽經

初秋。開始飄落的柳葉。像年輕人的固執。
像從火葬場煙囪冒出來，一朵朵曾是漣漪和怒濤的安詳白雲。
輪胎下道路逆來順受。除了得不到心愛玩具的兒童，在超市裡失聲痛哭。

連綿雨水中一把把撐起的傘。像拒絕著來自天空的清洗。
來自當當的切菜刀，我們之間細細、薄薄的幸福。
黃昏時淡淡、隱隱的月亮：一只很久以前
放飛、滿載祝願的氣球——像乞丐碗內唯一一枚、不知由誰丟入的鎳幣。

2014.9.13.0:41

泮然經

一籠待宰的雞鴨裡曾含著一隻雪花般轉瞬即逝的鶴。
此刻存在著：一粒粒我和你：而終將莫知所終：一枝枝被修剪掉的
多餘。

上午，他讀了會兒書，打了會兒盹，然後買菜做飯。下午，他往畫
布上
抹了幾筆，然後到樓頂，用蝦皮餵烏龜。然後打開啤酒。

醒來。透過窗戶的嘴的牙縫，月光映著……身旁妻子熟睡的死去般
的臉。

2014.9.17.23:28

無門經

古井裡的一輪明月。含著羽翼，樹的黑。時針在消化一盤殘局。鑽心蟲和倏忽臉。

昨天下午散步老母親問：兒啊，你是不是等我百年之後
就出家當和尚？我不語。我暫時還貪酒、好色、每個月總有那麼一刻，淚流滿面。

2014.9.25.4:28

寒灰經

十二月二十六。耶誕節第二天。兄長徐坡平忌日。菜市場被剁掉的魚頭瞪著的眼睛和人的花花綠綠的色子。偉大的馬克思主義者，無產階級革命家、戰略家和理論家，中國共產黨、中國人民解放軍和中華人民共和國的主要締造者和領導人毛澤東誕生。路易十六在巴黎進行最後的審判。和媽媽經常散步的那條鵝卵石小徑旁，柳樹已經掉光了葉子。

每一刻都是最後一刻：在舌頭畫不出來的輕描淡寫裡：像番茄炒雞
蛋：熟悉的滋味，將離開我們。

2014.10.5.10:40

喋喋經

剝下桔子的皮。毫無疑問的內容。夜晚的黑，把地球含在嘴裡，毫無疑問明天將吐出來：一枚靜靜的果核。廣場上，那些跳著、扭著、被碾著、不知從何處租來的身體。

不知從何處，一隻蟋蟀蹦到桌面。用衛生紙輕輕捏住，丟到窗外。一摞讀過、或僅僅翻過幾頁的書，傳來手術刀下、骨灰盒中啞然的心跳。

電壓力鍋嗞嗞冒著熱氣。排骨燉土豆，要熟了。我已年過四十了。

2014.10.7.0:08

離題經

以蔥薑蒜為核心的日子。那些塗了香油的臉。我要土豆，你偏偏夾
　　來牛肉。

穿長筒靴染著紅髮的婦女般的少女。旁邊是一輛奧迪，一頭大腹便
　　便的男子。更遠處：雖然看不見：一座陵園。

筆深處只有一個詞：母親：最美的花，也配不上她蒼老的容顏：在
　　藍了又黑黑了又藍的寧靜中。

2014.10.9.15:14

嫋嫋經

從青春開始的落葉。太粗暴：還沒看清手裡什麼牌，就輸了。晝與夜相互轉換著——藍色被月亮塗黑；天明後，遠方就在腳邊：滿地東倒西歪啤酒瓶。

我還記得給你寫過的那封信。遮遮掩掩。好像早晨起來我嘴巴不臭。我還記得小學二年級，下午，頭燙得厲害，跟老師請了假，暈暈乎乎去找正在木工廠上班的媽媽。天空中，陰雲越積越厚。好像在準備一場痛哭。

2014.10.14.19:28

離譜經

我的沉默是我和我在交談。當一扇門關閉似的打開。宇宙的屠宰場：地球：一個人像一滴血，滴進億萬家庭匯成的大海。一隻蜻蜓立在一朵還沒被割下的蓮蓬的青青的頭顱。

像潑出去的水濺在夏天滾燙的路面，一個還沒來得及喊出聲來的少年：當漆黑的光線，照耀著充斥著豬馬牛羊生龍活虎雞犬不寧的太平間：一個過去和未來的世界：安靜如夜晚此刻尚未做成骨灰盒的樹木。一隻手伸出去。彷彿摸到了星辰。又縮回斟滿了無言的空空的酒杯。

2014.10.16.0:54

濛濛經

爐火上水壺吱吱響著。母親是一棵輕手輕腳來回走動的樹，墜著我們三個猶在夢中的果子。天空浸滿了黎明微微泛紅的墨汁。

多年後。今夜。萬物分離又團結。一張嘴還在遠處柔柔地吮吸。當一位細雨般的客人，湊近窗前，凝注著室內密封著的光線。

2014.10.26.21:28

垂暮經

風中：在者與逝者的氣息。從大熊星座到我被摁入其中的牛莊：之
　　間是黑暗、碧綠、枯黃，和滲進潔白的一灘蚊子血。

燕子早已去了南方。它們中的一群，也許會途徑安徽省樅陽縣湯溝
　　鎮：外婆和奶奶的墳墓上空——彷彿不經意的一瞥。

2014.11.3.22:41

餘塵經

一隻暗紅方凳上供奉著觀世音菩薩。香爐裡的灰燼，每年清理一次。如一茬茬面孔，來了又去。跪拜著，早晨，傍晚，我念誦著大明咒、報父母恩咒、藥師佛心咒……樓頂西邊，埋在花盆中流產的雙胞胎，用藿香淡紫色細碎的花瓣，默默傾聽……已經這麼些年了：太短了：不夠丈量風吹過時，隨風而逝的事物的尺度。

2014.11.23.15:46

虛位經

瞪著眼，月亮。寒意在加深：在周圍幽暗的事物裡：在尚未落到紙上的詞語中：「苦澀」像一枚沾染著「悲欣」的糖果，被遞到寶寶無知的唇邊……唯有「母親」，些微溫暖，如同一盆靠近「絕望」、將熄未熄的炭火。如同鐐銬從腳脖手腕撤去，但勒痕仍在：億萬年前爆炸的星辰，兀自冷冷閃爍。

2014.11.27.21:28

影存經

作為禮物的一天：又避開了閻王的觸摸。悄無聲息，落日中，胚胎分裂著發育。像一個個問號，被摁在水底。

殘月孤懸。突然用窗外的黑暗揪住我，手機裡你親人的聲音。當值班室內，牆上掛鐘，咯噔咯噔，面無表情地走動。

2014.12.1.22:58

棄置經

中午。與往常一樣，回父母那吃飯。妻子遠遠落在後面。像路邊一
　　板車急於賣到鍋裡的紅薯，每個人都朝家匆匆走著。

清燉土雞的香味和笑臉。昨晚喝到深夜，用兩根麻辣鴨脖。茶几
上，一支紅燭靜靜燃著。如倒立的嘆號。淹沒在窗外繁星的省略號
和月亮的句號間。

2014.12.7.6:48

確鑿經

如水的月光的重負
下的改弦易轍。
男孩唇上抽芽
般的茸毛。如同火車加速
——再也停不住。

再也摳不出來，十八歲
初次濺到碗裡的腦漿。

這小鎮擁有
我五位親人。再也不可多得。
母親，父親，弟弟，妹妹，妻子
——像一朵六瓣
雪花，飄在天地間。

2013.1.10.11:28

指鹿經

沒了。空氣
眨都不眨。
你是消散
的故事。蕩漾在種子周圍。

軟語裡斧頭波光粼粼。
斑斕妊娠紋下，像被
摁住的風暴，死胎。
被藏著掖著，漩渦和獠牙。

一股好聞
的血腥。像碾碎茉莉花。
以淨化之名，掩耳盜鈴
的舉措，把墳墓心跳鏟平。
畫餅的手描繪天塹變通途。

飄著太多風箏，那時我。太
五顏六色。
細雨的買賣中，屠夫
對兒女微微笑。轉身割開喉嚨。

2013.1.12.3:28

潸然經

昔日解開我。像被清冷
而唯一的月光束縛。
用碎裂鏡子，照假戲成真，這對岸的你。

在噩耗沒來臨前雨
已經模糊了新帖的訃告：在抽水馬桶
尚未代替蹲坑時：如同父母還不認識。
如同胚芽，公園長椅上曬太陽的暮年。

小鎮裡的空心蘿蔔、江山無限。
當他遞給她
夾在荊棘鳥中的一張紙條——草長鶯飛。

2013.1.26.2:54

重要

活埋著。盈眶著。一邊盈眶一邊活埋著。

活著活著活著。一天天齒冷
和深挖。
活著活著活著。一次次解開
與關押。
活著活著活著。小妹妹突然
像朵花。

昨晚她坐在對面。餵我一歲的外甥從五里外
我摘來的草莓……紅得……像血。

1992.12.18.獄中/2013.3.23.11:06

攜手經

嫩黃柳枝中麻雀鳴叫。像
從冰雪裡破殼、冒出的典故。

青草坡。母親閑坐。淡
而藍。近得那麼遠。
春風裁剪著。又縫合。

塵世：平緩的漩渦。如一直
三十七度，心跳卻久已停止。

有時候她
喊我乳名。像蜜蜂擾著花芯。
即刻我縮小。被抱出手推車。

2013.3.31.18:04

共苦經

散步般的疾馳。
寫作的手，移動在歧途
上的星空。用來上吊，哀悼
勾勒出滿月的圈套。

像被祝賀，墓碑
接受了鮮花。卻攔住了
人間的擁抱。
燕子回來了。如投影穿梭鏡面。

如燒烤攤滋滋
冒煙的肉仍是
禽獸的一部分，我仍是
你千里外的鄰居。被母親含著。

被空氣煮著
煎著、燜著，鍋蓋扣著的寰球。

2013.4.7.12:04/5.2.15:44

塵埃經

紀念兄長徐坡平（1964.10.31–2002.12.26）

液態止痛片。有時會喝出
一道閃電。
聊城。在掀過去的
墨默的鄉村的狗吠的
明鏡裡推杯；你找了個黑龍江小姐為我。

在地球上人們動著，靜著，被砸著。被涼著
如菩薩面前香爐中閉口的灰。
我至今不知你埋何處，兄長。
我把我的玉鐲套在你手腕。當我們酩酊星辰
如此刻——炫耀如……剛剛鍛打出的棺釘。

2013.4.9.23:14

荏苒經

蝶翻輕粉雙飛
般的鐐銬。
青青子衿
中的淤青。
防盜門
後的赤子心。如潔白牆上一灘蚊子血。

廢品站。幾株新綠。加深了暮靄
沉沉的屈服。
比瞎
更了然，偶然
誤入的潸然。
又一春。像花圈
煥然。

聾啞天地。容留
夜半暴笑。
菜市場早晨的喧鬧。你吃油餅，喝
逍遙。看不出
有什麼被摔碎、捅破。
四季的遙控器。風的手指。

光黑暗因為
他們年輕。
我說了
那麼多。像聽著別人交談。

2013.5.10.8:04

遲暮經

不在的燕子眼裡
蚊蠅的世界。
如自慰男人用
陰道，祕密全敞開。

母親又灰白了點。
醉我仍
兩三歲般
隨地小便。

逆流而上，弘一法師。

蝸牛的閃電中
癌的世界。
女兒和花
在搖曳。

2013.9.14.0:24

閻浮經

骨灰裡世間有無間。
依然不能挪到雲端，器官。
淤泥中遍佈笑臉青臉。

早來的暮晚仍
彩霞滿天。
狀若棺材豎立，大廈平地而起。

開合的嘴唇。往返的頭顱。又
黑白分明，掛在牆壁。

曾如此輕，我們。像高飛
翼上被拔下的
一根根帶血羽毛。

2013.9.29.23:24

枷鎖經

燈的黑暗中錢
咬手。
室內和室外：窮妻子，灰丈夫。
黎明揚起紅髮。

鶴被扔出窗口。
天空菜市場般
被白雲打掃乾淨。
比撒尿更孤獨——你往酒杯裡
又澆進一盞末路。

豬狗的、印章的、皓首的、小蔥
拌豆腐的兒童的絕壁世界。
頭頂藍藍深淵
青青草坡，有時我和母親散步。

2013.11.30.23:46

成癮者

白骨冰淇淋。有滋有味。

落雨和羅羽。永偉哥與偉哥。
萬物因為沒有中心
而向一個孑然圍攏。

遲疑在燃燒中。東
看看，西瞧瞧。
窗戶開著。適合什麼
靜悄悄爬上來。
想跳也沒誰攔你。

不提問有時是刀入了鞘。
他想笑。然而卻帶著孝。

2013.3.21.23:01

作為別離

作為別離——
一本打開的
書合上了裡面
黑暗的文字。

我突然
存在。作為
被動的樂器。
目光剜過後
風景依然。

像砸爛的窗玻璃
——事實：沒有
肇事者：更沒有
廢品站前來回收。

2012.2.27.9:05

兩忘經

大自然：隔離帶。
不厭其煩地，人在生人。

鋼筋水泥的襁褓我和父母
看動物世界——他們的
嬰兒眼，沒能把我們認出。

2012.3.29.15:56

磨磚經

早晚裡酒折射
我如在其中的反光。
我跟自己碰杯。臨近的
兩隻手。蒼涼和蒼鬱。
方圓一寸：哭笑旅程。

小愛戀仍在
被拒絕周圍——
被吸納。在封閉而
遙遙敞開的天空下。
舊世界又來了。一本再版
書。我精研。用落葉紛飛。

2012.5.17.22:06

別調經

擱淺像一尾魚
在魚缸裡眺銀河

封面
以下：一無所有

2012.6.16.22:58

卷舒經

雲淡。如
追認。

日益剎那。像
臨刑。

一口裡的每個，你們。
像妹妹懷中
嬰兒的白兔。

像我母親
呱呱墜地，這麼些年
的刺耳。

這麼些年，風輕。如
割破。

2012.6.21.2:04

履霜經

前途裡烏雲被洗過。
田野。一茬茬
割掉的頭顱，刨出的內臟。

在結局中醒了又睡。笑了
又神傷。在妹妹
坐飛機從廣州抱著我
外甥在父母家
餵奶時。

像訃告上的黑字，人在天下。
你們不
停地扭動。像白紙上的蝌蚪。

2012.6.29.0:48

羅織經

絕望是因為
赤條條。
動詞被裝訂，撕不開形容。
污點，你，坐
在候審席，跟符號辯白。在捕風酒吧。

賣副作用的醫生。沒症狀的患者。有
的是錢。
涉及暴君，一朵孑然芳馨。
一個貌似謊言，引發襠中央地震。
揮之不去，螢幕上口臭的新聞。
幼稚園孩子們學習衰老。明眸皓齒中
雪突然被踏黑。

炎夏日冰鎮後在藍
眼睛天空我
像失去水分的陰雲，總不下雨。
總不對勁，合身衣服、合法夫妻
和美家庭和
河蟹社會。刺耳是因為舌頭不翼而飛。

2012.7.5.1:18

憑弔經

遺忘般寧靜，老者曬太陽。
比指控
更莫名，時間裡的人物。

晚霞和呼吸。像沉沒前航行。
格式
化的淚流
滿面，有焚屍
爐中的喚醒。

像被動
縮手——你在——不再。

2012.7.16.22:46

回首經

像被撕下來的日曆：卻仍掛在那裡：一件
一件舊事：利刃的春風的撫摸。
臨近四十，每分鐘都是夜晚：殘存著
夕陽母親的柔輝。在可以隨地
大小便的往昔，傷口遙遙領先。

粉紅黑暗，麻木驚奇，依舊在
放學後使他們成為人群中牢籠裡保險絲
燒掉時的一閃。灰燼
似乎使他們格外藍天白雲。
螞蟻啃骨頭幫我
容納下更多。嘔吐的酒瓶，幫我揭開謎底。

不久挽聯將到來：笑容會生銹。
無數次，聯歡會緊挨著追悼會，冥冥
證實的明明：像滿臉褶皺的新嬰。
我用啞巴的嗓門呼喊你，曾經的我：我用
摻雜了鉛塊的純金。
一代一代瘋狂，一絲絲，把我滲入虛擬。

2012.12.13.1:04

闌珊經

母親生下我是因為
月明星稀，醫院的潔白變成灰暗。
烏鵲南飛，把指針
撥到二十年前。
從東半球吹來的
跌倒的姿勢。像手銬一閃而過。

墓碑隱匿在少年尚未完全封口的罐頭裡。
乳房如花隔雲端。隔著
日出，你比美國，離我更近。像腳在鞋中。
隔得更遠，盤旋
的紙灰，寫著瑣屑而
砰然的開幕詞：無望。
摔碎時，世界仍老樣子；肛門在吞噬。

像初雪的容顏終將被踏成
骯髒的肺腑，但還保留著
針尖般的希翼，孩子們在幼稚園。對劈來的
斧子視而不見，這一團團笑鬧的止痛片。

2012.12.26.0:48.雪白了值班室窗外地面

遠離經

不可能分叉的中年：又妄想。
一再缺席，粘滿
花粉的白皙手指。
一張反扣的畢業試卷。像下水道井蓋
封住裡面的閃爍其詞。

淺薄被挖得更深。
一加一不等於二的算術像暮色
更濃了。而滋味愈寡淡。
我啜著。有時候痛飲。有時候
歷歷在目。像瞎子眼中的潮濕。

有時候八月的熱情以冰窖的姿態命令我
在街頭與陌生推杯換盞——
該砸的都砸了：但什麼也沒打破。
於事無補——像潑冷水製造的理性
面對無端朝你謾罵的撿垃圾吃的瘋子。

毫髮未損——重複漂過悲歡恩怨的忘川；
焚屍爐，幻化為紅泥小火爐；兒童閃耀。

2012.12.29.21:26

為今天你的生日而作

斷牙。被反復咀嚼
的百合花。棺材一直深眠著。

值班室我醒著。暖水瓶
陪我。我聞到白酒
與啤酒混合的孤獨在昨夜。

在初夏。那兒。黃澄澄的
枇杷，粉紅的睡蓮。
月亮用周圍遙遙的黑
點燃涼亭裡兩支蠟燭的夢。

我曾貼著手機
對你失聲痛哭過——
就像一片雲，是往昔的雨。
我曾懸掛枝頭，微微綻開過。

2011.1.6.22:24

浮世

香燭的氣息。塵世燻黑了菩薩。
鄰居送來五條命。五隻風乾雞。
大街上購置年貨者與寒冷為伴。

女孩子露著長筒襪。像幾封
寄給春天的粉紅的信。蝶戀花。
勿忘我搖曳在那兒。俱往矣。

小幽暗獨飲大星空。潸然
淚下。在省略號後面。
沒有誰被治癒。在地球醫院。

一首孕育中的詩像未出生的
胎兒憋著狠狠的哭。
冰的痰，梗著傾訴的嗓子。

四季周而復始。
我們踏步在笑過、亮過的原地。
一個個青春，一個一個斑白。

2011.1.26.11:11

冬日月夜獨飲

擰緊瓶蓋。為了不揮發
二鍋頭蘊含的情景。
被牙齒切著，被召回的點滴。

世界又少了一口
牛肉和清醒。
尚未到嘴的事物：菜單上
看不出結果的未來。

冷嗖嗖的熱呼呼裡我接著品
武漢的哈爾濱。
東湖，鎖過你十七歲的臉。

你兒子是你的雲彩變成了雨。
時光摁滅燃燒：我的煙蒂。
從易開罐中
啪地噴出泡沫。這蒼白的血。

2011.2.12.2:58

幽蘭操

小歡樂穿著死
緊身衣。五彩的灰色。
有苦說不出。舌頭上的牙印。

日落時的和解。
豐富的晚餐。荒涼的胃口。
筷子：曾經綠油油的竹子。

星辰是冷冷的禮物：肉體在其中
孤絕地悸動。
滴水的眼睛。結冰的伸手。

你的倒影扶我至下一站。
你真好。像花落花開，天高雲淡。

2011.3.2.14:08.微醉

枯木來禽圖

頭髮：蓬亂的引擎。這醒來的熄滅。
他人的手，掌控我的局限。

更多的多餘簇擁著孤立：彷彿安慰
——彷彿假首飾
熠熠生輝。這一切竟是真的！

看新聞聯播我看到連環畫——
由此縮短了
與同類的距離。這無視的夜晚。
發生的，再次發生，遙不可及。

用一眨的青春揪我的心肝——
這被似是而非修剪過的你
——用抹黑的鏡子，容忍我們變暗。

2011.3.6.1:24

閻王

我們在我裡著陸——
一根根頑石鴻毛。

刀片，糖果
空氣，監獄，觸手可及。

謝了。更綠了。
更少的人被我認為同類。

2011.4.3.22:42

追遠

束縛的曲線，有崩潰的彼岸。
一輪滿月下的殘缺。
耳語得驚悚，一樹桃花血。

入獄者：每個：全部。
菩薩面前的優柔寡斷。
好色僧披著我，暢飲浮雲。

一首首詩中沉屙在分身——
從相見歡
到烏夜啼。
一個無手的手勢，指導著輪椅。

暴政的四周。孤立的一軟。
我曾用剪不斷，悲喜過重疊的你。

2011.4.16.4:46

在工作中

值班室外溝渠青蛙叫喚。
喉嚨裡的繩索，捆綁未來。

一隻蚊子渴血的嘴是
世界的嘴：風在其中，吹拂空洞。

更餓了。眼前只有速食麵
乏味的事實。

屋後柿子樹用墨綠顫抖
回應花椒樹暗暗的尖刺。

明月冷冷溫柔。
星辰陡峭。相當於從骨灰到骨肉。

2011.5.19.2:18

悼亡詩

結果：棺槨。在
隨時在不在。
土堆的饅頭。憑空的乳房。

喜鵲的烏鴉。像花圈上
沒有味道的花。沒有
小雨，鄉鄰托著大碗，有說有笑。

星期二我趕到。像多出的指甲
你被剪掉。我用白布
蘸清水，擦你微微凹陷的眼皮。

星期一我生日。意味著
我曾有過疼痛的母親。
早晨，你僵硬地趴在三輪車扶手上
意味著：那片黃豆地不再需要你。

整個世界是猛然摔碎的瓦盆——
在異口同聲、千秋寂寞的鞭炮裡。

2011.6.20.23:33.老岳父離世第八天.享年七十六歲

為魔頭生日而作・贈兄長子艾

不閃耀的蠟燭丟了
火焰。不收割的鐮刀。
丟了韁繩，湍急的血腥。

比潑汽油更鏗鏘：人人只代表
自己的屍體。比斧頭更堅定。
像芽在苞中，崩潰的泰山。

回音在漠然電擊
——當你被兒童的鏡子
突然反映。一個被扭曲的把柄。

直上雲霄的地下室為枯榮
存儲湛藍。宇宙死胡同
我笑了。像牛奶獻出三聚氰胺。

2011.7.1.5:15

平常經

1

瓷盤上坐著我和她。
沒有奇跡。只有電視
裡的奇遇。
今晚蒸麵條。等會兒搗蒜泥。
像小心挖地雷。一樁謀殺案。

2

臥著像被
喪失摟著，我和你。
早晨。齒縫殘留著
明明的隱私。都一樣。
像人在人間，懶得洗的碗筷。

3

暴雨用拳頭
統一了凌亂。新一天
滿地廢棄的菜葉在漂流。

像逃避的小販帶走了
我心愛的葡萄，日子等於
找回的零錢。油膩膩。有的
缺了一個角。

4

為不
擰著、鬆著、皺著、寫著、假寐著
暈著青著凋零著。
像億萬顆精子游弋在
恢恢的避孕套。

父母遞過來讓根痛哭的鑰匙。
陽光下
打開凜冽、黑暗的鑰匙。

2011.8.6.0:14

諧謔經

嘴裡的牙齒是為了給身外
的萬物留下印痕。
一釐米的海拔。一生難以逾越。

邏輯深處一片混亂。
寫作。為了止住
白紙的鮮血。被比喻分裂。

明月掛在樹梢。在
兒童的塗鴉中。手指
多麼盲目。可以看見漆黑。

可以用屁股
眺望。迫在
眉睫的未來。像動車還沒脫軌。

2011.8.10.4:25

桎梏經

地球外亮著一盞
監視囚犯的月。
埋掉般吹拂，空氣的鐵絲網。
在走向新生的垂死前
默劇中的無期徒刑，在睡夢中千姿百態。

七點多媽媽打來電話。
不要熬夜啊。空調別開太低啊。
少抽煙啊。彷彿瞬息的假釋。
彷彿安靜
露了餡，周遭的蟬鳴。

凌晨兩點值班室外燈光下三隻小貓
在默默吃樹根旁我倒的剩飯菜。
後來我離近了它們跑了。黑，黑白，白。
遠遠地，它們的回望
把我的鐐銬，蹭出輕薄的溫柔。

2011.8.18.1:46

洞然經

斧頭的昏沉沉下午。
我喝青島。
詩在其中。句子的鋸子。

一位媽媽在給
胖墩餵奶。時光的
緩慢發作的毒液。

一隻貓在明亮的
塵埃的游魚間靜臥。
誘餌繁密。幾近於無。

萬物的雞肋。緊迫的
餘生被易容。帶著
被削足適履過的悠悠。

2011.8.26.1:16

卷土經

整理櫃子。
一本日記。一些信件。十六歲偷偷
翻閱的人體攝影。
降下的旗幟。像熟睡的斧頭。

晚飯後你興致勃勃談他們的婚姻
如何和好如初。舌頭上蹦跳著
叮叮噹噹的硬幣。
像紮緊的口袋，我傾聽著，枝椏累累。

然後出門
買煙。順帶四罐青啤，一根蒜蓉烤腸。
一彎殘月。那麼遠。像二十
出頭時前額被酒瓶砸出的疤。那麼淡。

每飲一口都是告別：泡沫倏然破滅。
每抽一口，就多一絲苦味。嘴唇
卻閉得更緊。而水一直燙著始終
都不能喝：每一次夜半，渴醒著起來。

2011.10.7.2:10

苟且經

桌子上擺著幾本
合上的頭顱。誤入世界
顫慄與不安。這木已成舟。

媽媽買的蘋果把兩顆心
拴在一根繩上。小雨小得
像小時候她高喊我小名回家吃飯。

吮吸著泥土和流產
的雙胞胎，樓頂的藿香和馬齒菜。
他們是男的。像子宮裡的我。

死亡無處不在。在
隔壁打麻將的喧嘩裡。
病入膏肓：每天都有喜悅、悲傷。

樓下。籠中待宰的雞鴨
彷彿我們被拘留在深夜。
一個孤零零星球。一群蒼蠅嗡嗡。

水順著屋簷流下來。依然
抵擋不住燃燒。
漩渦中，我緊緊抓著酒杯。

2011.10.12.16:10

躑躅者

電話在等待撥打。
窗外。雪花。這白白的墜落。
這必然捆著我。讓身體自由。

一屋子的空氣。滿腦袋的淺薄。
她在樓下洗衣服。我在樓上
一會兒抽抽煙，一會兒翻翻書。

傍晚我們回父母那吃飯。不可
更改的暮色中，溫馨的一閃。
我盯著青菜。你偏偏夾來牛肉。

我和弟弟曾認為就算是肥肉
做成罐頭也一定很美味。它在
頭頂晃動。那時我沒被裝進去。

那時我們仰著臉——
好像看到，天空給予的允諾。

2011.10.13.14:30

不二經

——人事有代謝，往來成古今
江山留勝跡，我輩複登臨

1

星辰是頭腦
靜靜的內戰。月光是一顆眼珠在流血。
鳥的沉默。像明天的審判。
像絞刑架上的此刻：過去還沒過去。
飛蛾在撞擊燈泡。帶著
明亮的盲目和無望的缺乏。
有時候一陣風吹來
剝洋蔥剝到最後的潸然。一陣及時雨。

一次發酒瘋：青春。
像捏扁的空易開罐上消失的手，我的
往昔掐向我的脖頸。
像用剁排骨來抒情，這塵世的肉案
像用刀來撫摸。
從醉醺醺的、服貼貼的、蝸牛的

野兔的日子的
牙縫有時候我哈哈大笑。像摔碎酒瓶。

2

油裡的厭倦。被母親改造成涼爽、溫暖。
世界是
尚未墮落的果實。對童話而言。
三十八歲的雜亂。像嬰兒睜開眼。
像寫完的詩，不滿，反復
修正，那早已排出肛門的可能。
放大鏡發現了徒勞。像神交後
更軟、更小。

依然如故：一個人，關係到一群人。
充滿對抗：金錢的
暴力，使我們如醉如癡。那挽著
我們的胳膊，連接著森然的牙齒……
她像沒認出我似地
又做了我妻子。恩愛，吃喝，吵鬧
——像白晝
點起的蠟燭，證明身外始終無心的夜晚。

3

柵欄用隔開聯繫揮手。
一支挽歌，繚繞
在沒有寫出的文字裡。在體內的窗外。
白得像往雪
的傷口撒鹽，下課的兒童。
矗立著：一座
不能公示的紀念碑：夾在兩腿間。

從前一隻風箏飄著。悠悠著。突然
斷了線。
像一邊倒空一邊
塞滿的垃圾桶，離別和重逢
的碼頭。輕舔生硬的
堤壩，細浪微顫。像從來未曾流逝過。

2011.10.15.3:12/10.18.1:18

誤入者

末端你有
開始。
柳枝拂動：宛若遺體
垂下的髮絲：宛若忘不掉。
白晝熱鬧的面具。每一分鐘
都有手，摁響墳墓的門鈴。

女孩的細雨淋著
男人的腐肉。
每一天都是
離別的車站、碼頭。
餘悸在擴散。蛇
蜿蜒過水面，蕩起波紋。

被修改的名字有時仍從
故舊唇間親切吐出：彷彿在
林立的碑石上，找到了自己。
他者的六月我
舉著冰的花冠。

2011.12.16.17:15

獨酌者

雞公山。青島、雪花。深水炸彈。
它們襲來。像混在燈光中的黑暗。

這一杯用另一杯
引出我的顫慄：這一次用那一次。

這無法抑制
的遺址。

瓶子碰倒了上面的菩薩和星空。

睡去。
夢見。如同一座墳，生出了花草。

2010.1.7.凌晨4點

剎那者

日常
的弦外音撫弄我像
隔靴搔癢。鄰居的爭吵
幫你完成
自己的事實。
三月。帝國的天空
拆散兩腿間的蠢蠢欲動。

浩浩蕩蕩的寧靜。
葬禮只是其中
可以省略的部分。
我聽見你的叮噹——
那違背你的
硬幣的掉落。萬物都在
一艘觸礁的船上
等待收場。

小個子伸向頂端的鉤子
越高就越小。
大偉大也一樣。
美麗的訣別

源於滿街狂想。我路過
你的死角。
你的灰塵，沒辦法打掃。

救火車和救護車的刺耳。
但什麼也不能拯救。
她分娩
被強迫的孤單。
在杳無音訊的房間。
她嘴邊的農藥瓶
還在向我叮嚀。在地下。

像是在
地下：因為一場雨
蚯蚓紛紛
鑽出地面。
一陣扭曲。又退回到
他們所屬的本來的黑暗。

2010.3.16.01:30

假寐者

火車外田野像無人
沉浸在自我裡。
眼睛暗了下來。
隧洞預設的黑
擠滿了急於擺脫的念頭。

旅行就是昏昏欲睡。
就是目的沒達到前
幾個陌生者圍著
幾瓶礦泉水的純潔
雲山霧罩，多彩多姿。
就是活著。憋著。敲著
反鎖的衛生間的解放區。

車廂都是買賣氣味。
襪子，首飾，越晚
越便宜的盒飯。
找零的手。像一夜情
後的分手。
我不要。然而我要了。

旅行就是告別。
身體下輪子
飛快轉動著。使崩潰
得以緩解。

2010.6.21.03:18

解連環

獨飲時我不說話
但必須開口。
地球上
恍若無人——
像喝乾的酒杯。

膨脹的瓷器。
心跳的玻璃。
變換的鏡頭。
倉促的陣雨。
夜晚像沒寫完
就打上了句號。

獨飲時我不說話
但握著你的手。
地球上
摩肩擦踵——
像昔日的來世。

2010.8.7.02:48

黑暗中的跪拜者

1

半夜微明，灰額頭。
蜘蛛在親自編織的網中。
手一直
蜷縮著。像攥著
細小的花圈。
雨。本地的眼，望著外來的漩渦。

一根鋼釺穿過幾縷浮雲的墓誌銘
——聽不到
喊痛的聲音。肉在刀下
因長時間等待而
興奮莫名。
陷阱的範圍以難言為主。
波音飛機和杜蕾絲避孕套改變了
你作為人質的自然。

倒扣的大碗裡的蠕動滿足於
蝶戀花、人民幣、相見歡。

一個擁有豐富離別的碼頭
車站，自盡者
放棄了決堤
盲目的嘴，吃著蒸汽。
一直蜷縮著的手。像握著翅膀。

2

我感到黃昏。
地球：一枚煮熟的蛋，孵不出新鳥。
我感到孤立。在親人旁邊。
青草那麼黑。
炊煙的白旗，徒然升起。

靈牌正把我吞咽。
我被囚禁。被叮叮噹噹的硬幣。
火星和昨日。一朵蓮花
開成松下褲帶子。
店鋪在合唱。用拖過地面的腳鐐。

吹落的名字像我
從沒到過的外省。
一個個言行舉止，拆穿閃耀的首都。
我感到我是

那些尚未出生的孩子：從胡亂
噴射中開始：在白骨痙攣的歡樂裡。

我感到我的額頭，碰到洩氣的輪胎。

3

他的笑像
摔碎的酒瓶。
他任憑自己
在自己的額外中流淚。
嚼牛肉。他安撫他的腸胃。

舊機械困著田園詩。他讀陶淵明。
他聽見
死者古典的否決的只好
的肯定。
像公車上的屁：活著：悄無聲息。

子宮裡的宣判。
乙醇的庇護所。火葬場
在一旁監視。
一個月總有
珍貴的那麼幾次——
他感到他的額頭，觸到菩薩的眼睛。

4

十月一日。凌晨。酒醒。

照例開始每天睜眼的第一件事——

焚香，供清水，拜菩薩

誦觀世音菩薩聖號

誦雨寶咒、作明佛母心咒、大明咒

誦摩訶般若波羅蜜多心經。

樓頂沒有通電。內外一片漆黑。

妻子在樓下安眠。父母在公路那邊。

2010.10.1.3:54/10.3.2:22

無可奉告者

1

舊耳朵聽新聞。
回音變成我的一部分。
涼下來的血，沾染了插圖。
弄皺了床單：番茄
炒雞蛋，養老保險，偶爾的精液
……大風吹麥穗
製造的狂亂。當收割機
開進視野。

身外我順應
他人的肖像，用心臟的白眼。
用顱內的酒杯，我跟你
隔三差五換盞。
你的氣息像流逝那樣不可挽回。
一封沒有拆開的信
像早晨的夜晚。像飛蛾
撲火。一點蜜，一點一點消散。

星空和懸浮感。
搖曳在輪椅上的高聳裡，酸澀
的含苞：一根根被擺弄的牙籤。

2

糾纏的根曾經響亮簡潔。
十八歲開始的沉悶。皮帶
在獄卒的夏日冷颼颼。
月亮的暴力。被猛地
折斷，細枝嫩葉。

空白的手掌。二十年
像剪掉的指甲。
清水在渾濁裡，縫著嘴唇。
中午的滑翔：一陣
細碎的落花。

帶著螢火蟲的明滅
映現在藍天的螢幕上：川流
不息的人類。滔滔的爭論與
飛濺的囁嚅。越是無言，絕望
的面孔越清晰。

和你的談話仍在
放晚自習的學生間持續。
一覺醒來。地平線
仍像勒著我們的鋼絲。
早晨和早點。像愛滋和愛戀。

3

早晨和落日。像露珠裡的瘋狂。
在漏洞中喊叫。在父母跟前
愉快地吃喝。
抓住
抓不住的浩淼。在抽籤和賭博
統治的盡頭，蒼老的男孩
是我今天的鄰居。在監獄外面。

我被釋放了好像還沒有。
瓶子裡的蒼蠅
與頭頂的菩薩，捆綁在一起。
廚房，衛生間，產房，太平間
處於一條直線：在只屬於你
一次的顫抖的問號裡：流淚時
不要弄出聲音。

我妻子上午為顧客做美容下午
一般打麻將。
對錢幣的追求，像嬰兒吃奶。
被反復推翻，那聳立的低矮。
在內部，一米或一千里的地方
離心肝
最近的位置：偶爾有一股溫泉。

2010.10.5.0:19/10.8.16:44

對峙者

人的氣味處處在在：作為祭品而情願。
一滴憂傷：可能是哲學：在清晨和深夜的
荷葉的邊緣與中心來回滾動。
無所事事，我信馬由韁：彷彿馬肚子上
蚊蠅的觀察：當電視播放零點新聞。
通過妻子的睡夢，越過
倉促的消失，我凝視自己。
矛戳破，盾抵禦。身首分離。頭比地球還大：下面是螞蟻。

思維一涉及到語言
就捉襟見肘。這兒短了，那兒長了。怎麼
都不合適。渾水一澄澈，魚就玩兒蒸發。
一次在樓頂我看到你站在
對面的樓頂看我
踱步，拎著啤酒瓶。我看到我突然被
你眼睛的箭射中：悄悄手淫時，被逮了個正著。
像被掐住的喊叫，被遏制的噴薄。我被我的欲念勒令著。

你走動時從未觸摸
過愛的手指掉得到處都是。白雲
曾升起於你峽谷裡的血液。

我從未向
美麗的煙霧開過口：在塗了潤滑劑的波浪的渴的浮雕上
——囚犯的自由，朝著和平的墳墓滴答、涓涓。
以從未使用過的玫瑰，你舉著，落著。
像戴著避孕套的玫瑰，輕易搖曳的平面的狗尾巴。

蝸牛在剎不住車的腳步裡。憐憫叩擊
陌生的窗戶。灌木的原始森林。
父母的灰暗：一個對兒童
無效的古老提醒：對撕裂的
馬後炮般的縫補。於是我們跌回
歡樂開始的部位。
我又硬了。然後吐痰。在妓院的婚姻中。
漏洞有生老病死的呻吟的原因。你自釀的濕潤，你獨飲。

多年來我們彷彿圍巾和脖頸，刀尖和肝臟。
你哽咽彷彿啞巴吹喇叭。我對
你的鹹澀舔得還不夠：遺容，和挽留。
一輛瘋狂的救護車。但什麼也不能拯救。
驟馳向落日：雨水，雪花，和你的模棱兩可。
多年來我們彷彿深深
裡的淺淺：由於瑣碎而沉重：由於薄薄
的鋒刃，在持續切割寂靜的喧鬧：像售貨員得體的傻笑。

2010.11.12.1:48

控訴者

痙攣的手，看到撕破的自己。
來自大理石，欲望氣息。
你曾給我一秒的甜美。

我給你一座
廢棄的礦坑：一塊腐肉
爬滿了
蛆蟲和沉默。
未來是禿鷹：啄食著此刻。

未來是從前的我用
開水澆螞蟻。沒有
憐憫與寬恕的跡象。

2010.11.19.17:38

未眠者

瞬間結出久遠。你站在
十九歲的雨中，拎著酒瓶。
深夜街道如同假話
——破滅後，空空蕩蕩。
這麼些年你仍戳在
你割開的口子裡。

古往今來，換了
形式的你再三溢出
從不提問的周圍。
單調的豐富。
一個個我的齒縫：烏有剩下
千山鳥飛絕的滋味。

2010.11.25.3:28

翻供者

殯儀館裡外的
相知與不相知。
翅膀迎著春風。被猛地斬斷。
靜夜散發精液氣味。手槍針對茫茫。

溫度驟降的腳步踐踏
遲遲未產的孕婦。
一隻甲蟲投進蛛網。練習上吊。
從瀑布到破布。最後是抹布。

痲木。敏捷
的蜂鳥被關入冰箱。收音機
收到起重機
喑啞的消息。

當時你坐在前排，長髮烏黑。
像監獄燈火通明，襯出的天
那麼黑。
壞男孩雲收霧散，加入悔恨的行列。

2010.12.31.22:16

裡面有眾生的自畫像：獻給我的兄長大頭鴨鴨

小雞啄破
殼裡的黑暗。一九七三年
農曆五月十二日深夜，我被釋放。
消毒水的氣味中，她向我敞開胸懷。
如果這是
一部電影，序幕就是
鮮血和哭喊。它灰白。一個啞巴裡面，有詩人反復吟詠的明月。

裡面有監獄，再也出不去。
我被釋放了好像還沒有。在一九九三年春天。
在客廳：拘謹的笑容，深刻的褶皺。我幾乎認不出來了這個
曾向她敞開胸懷的她。我幾乎忘了曾含著她乾癟耷拉的乳房
當幾里外的群山間，她正捏著粉筆在黑板寫字。
五塊錢乘輛公交，來到臥龍崗。生我的地方。
整個醫學院沉浸細碎鳥鳴裡。

懸鈴木。銀針松。鬼拍手。
我改了名字，卻換不掉身體。
課本插圖，女陰刺眼。你不要為我斟酒了我自己
給自己針灸。湧泉穴。滴水之恩，當湧泉相報。
你東北，落腮，粗壯，一米八，我敬你

一尺。你紅泥灣，偏黑，瘦削，來來來，鹹鴨蛋。南陽與西安
推杯換盞。在西安我第一次見到老外、親吻。當時你醉了睡著了。

當時我痙攣在雙石碑。在一個
往手扶拖拉機、解放大卡車上
搬磚的灰濛濛相框裡。偶爾他們給我們吃
螞蟻肉。我們露出甜蜜的微笑，對他們拎著的蓄電的橡膠棒。
嵌在橡膠裡始終我十八硬邦邦。有時我很軟。始終十九的你
有時來找我。在夜晚明亮的腦袋裡。
夜晚明亮的腦袋裡，白的是紅旗，紅的是腦漿。

紅的是桃花。這新鮮古老青春
的苦悶。像武昌東湖的漣漪。鴨鴨，從這一行開始，你就要
顯現了。而她已在那兒蔚藍了二十年。
四年前我們在那兒散步，或許還談著詩。你總斜著肩膀。
你屬雞。二十年前，我不知道我老婆也屬雞。現在
詞語在糾纏、懷孕，樓下她和鄰居麻將。現在是正月初六
下午四點。他們洗牌的嘩啦，像片片桃花落到廢舊機械上。

這兒叫官庄鎮。有許多
官人。我父親曾是物資供銷處物資管理科科長：為了不斷到來
的豬屁股，買了冰箱兩台。
退休後，豬屁股不來了。三枚不停嘎吱嘎吱相互摩擦的鋼球來到
　　每晚
他曾隔三差五飯店猜拳的手中。

鳳凰這一帶已絕跡。野雞不少。經常現身菜市場。
尤其歌舞廳。我第一次品嘗是在魏崗。一九九七年，夜，細雨，和
　　老丁。

我們經常坐在五一橋邊。無所事事卻又牽掛著
河水的一絲不掛。這流動的失去。河水的想法
就是沒有想法。這一點值得學習。但我們缺乏
墳墓的平靜。
我們的一半裝著殘缺的紙幣、尷尬的硬幣。另一半陷進
木已成舟的暮色裡。
田李村，我望著臉盆中早晨的我被潑入下水道、人群。就那麼望著。

人以群分，物以類聚。我在
不在，都一樣。
那些此刻不在旁邊的。比如你，鴨鴨，與我在一起。
那些一直在周圍的。比如他，耗子，不敢跟我對視。
而天空的眼睛，如我家三樓東邊小屋裡菩薩的眼睛。就那麼望著。
這兒叫官庄鎮。我不敢
從高處飛下去。妻子蒙著面紗慢跑著、迂迴著偶遇我。多年後，才
　　揭開。

我不敢從家庭躍出去因為
有遮風擋雨的圍困的屋頂牆壁。喝點酒，發點瘋
在鋼筋石灰裡。這樣也挺好，有時。有時她不敲門。直接進入我
揪心。一個人隔著千里觸摸一個人。人無法擁抱

自己的倒影。那些不敢
觸摸他人的人有
快樂的熱鬧孤單。一群狂吠的狗，擠進一隻籠子。

不是籠子
就是腳鐐。左右為難。不是紀念碑就是墓誌銘。他呆在他的口吃裡
苦不堪言。
言不由衷，辭不達意。就像風乾魚
被剝奪了濕潤，電視機播放
不屬於你的哀悼。就像這不言不語的星球，每天都迎來落日。
落日中，男孩和少女用發芽的土豆談天。

用星星的牙齒我
什麼都不能給你。用舌頭你給我
一陣眩暈。一張遺照。下面的我們，一無所知。
一旦知道，我們就被迫側身。讓零零碎碎，叮叮噹噹通過。
我們的火葬場吞吐在我們的碼頭。
我們的航行，在不來不去的來去中。在被告席上。原告卻永久缺席。
宇宙的官庄鎮。暴雨的一滴水。麻雀雖小，五臟俱全。

燕子繞著塵世
低低地飛。在蝙蝠的黃昏。有的人是灰太狼
有的是喜羊羊，懶羊羊。也有的人，比如我
在盪秋千。有時我在我後面。有時我在我前面。但從來沒有一個

恰好是我的時刻。
我是我的碎片。我的紙老虎，在星空下踱步、哀嚎。
現在是正月初九。黃鼠狼給雞拜年。蛇纏著牛，要烤羊肉。

現在是過去的未來。依舊是
一日三餐。油鍋裡蝦的蹦跳、痛苦
影響不了我們的欲念。接著植物將
吮吸我們的麻木。風吹草動，曾經的敏感。箭在弦上，曾經的靠近。
曾經我喜歡你。臘鵝的心跳。
課堂的心跳。班主任訓誡我們勿早戀。
夾在射雕英雄傳哈利波特與魔法師裡的紙條的心跳。從來沒有停
　　止過。

蝴蝶的心跳聽不見因為我們裡面
不夠安寧。
二零零六年晚春。我聽見埋在花盆裡的，我流產的雙胞胎的心跳。
一隻被解剖的青蛙的心跳。
臨終的心跳。幾年前他告訴我他媽媽躺在病床望著他，淚流滿面。
這不言不語的星球
上的心跳。像空穴來風，美猴王輾轉在如來佛掌中。

一些蒼蠅嗡嗡。
然後天
徹底黑下來。

同樣黑下來的還有
青島和黃鸝。
我老婆叫白雙。善良。有一些
美好的小心眼兒。那時我們遇見。一九九六年，四月。

燒烤攤兒。長條凳。他們划枚。輸了的，乾一杯。
一些人深藏不露。像內褲。
一些人尖利刺耳。像警車。
一些人坐在家中看電視。換頻道時，臉孔忽明忽暗。
那時我們遇見。兩塊被斬斷的翅膀，穿過一根鐵釺。
我二十三。她二十七。
服從閃電，我們並列到一起。

像鷹啄眼。桐柏縣埠江鎮墳台村，我目擊她二嬸的屍體。腦溢血
突發。
後來
她奶奶。後來我舅舅。後來我奶奶安徽省安慶市樅陽縣義山鄉後來
我外婆。我曾含著她乾癟耷拉的乳房。
我三十七。死亡頻頻
摸我的頭髮。不悲傷。
挖掘機轟隆隆駛過窗外。華山深處某隻松鼠，兀自啃著毬果。不
顫慄。

熊貓更可愛。但我只見過虛擬的。
還是貓咪親切些。

值夜班，總碰到。迅速躥了。遠遠又回頭。
領導的車燈炙著自動伸縮門。
我按下開關操你媽這安慰劑從他的酒精
彈回我的神經。大排檔掄向牡丹廳。痛快的四濺的凋零。
繼續看書，造句。一根錐子突破了白紙。或一記警鐘。

一座
寺院。二零零二年北京昌平政法大學海子生前宿舍窗口對面他說我
　　的晚年
將在其間。第一次聽大悲咒。麻酥酥。
第一次，鼠群爬過
紅廟街十塊的地下室。形成漩渦，斑斑點點。但也許也是
壁虎和鳥類的襁褓。一掛
懸梯。向下的攀登。在臭腳丫的韻味裡她刷牙，柵欄坍塌。

整個冬天平平得陰了又晴，鑰匙反復
插進鎖孔。整個四季。偶爾會有一點
雪的刺激。但很快就化了。
前些天回了趟你老家。土牆邊一群雞，懶洋洋踱來踱去。
這些飛不起來的鶴，簇擁著我們。
當你閃耀。僅僅是，正午陽光照著你，往欄杆上搭棉被。
桌上擺著你準備的午餐。一鍋米。一盆蓮藕燉鶴肉。一碟茫然炒
　　雞蛋。

一台從街頭
轉移到室內的手術。剪刀鉗子，鑿子鋸子。使我的瓦片
纏滿了青苔的紗布。我的根血淋淋母親
視而不見。在飯桌旁。一鍋糊塗。一盆腿。一碟心肝。我獨自嚼著
我的肺腑。不是不給你而是你
蒼蒼得輕輕。少白頭。老樹上的嫩松蘿。
我坐在玻璃罩裡。光線如感情，悄悄進來。我夾著未完成的飛翔。

汽車的焦急。緊繃繃
需要滅火器。筆直的危險。當我走出戶外。這一切符合
還沒開始泄欲的迪廳的安靜。
有時我安靜。像震耳欲聾
裡的一個屁。像她們超短裙潔白，沉浸在髮廊粉紅的曖昧裡。像肇
　　事者逃離後
散亂的零件。
一隻伸出的手，再也縮不回去。報紙上一具打著黑框的可能。

兩歲時我有乳頭
的避雷針。七歲，我有你辦事，我放心。十四歲我有火車
拽不住的精液。今年是虎年。我沒老虎。而湖北省潛江市張金鎮
鴨鴨，你有一千多塊的眼鏡，我有沒吃到油炸荷花的皮囊
的遺憾。
有時我遺憾：失落的十五歲時的信件、雨水、她前年
給我的手機號碼：傑克森被認定雞奸兒童：假的：他早已成了他的
　　骨灰。

李白的白和
李花的白。鐵樹和鐵鍬。相思病和糖尿病。敬老院和檢察院。番茄和西班牙。
在南美洲，說西班牙語擅寫十四行詩的智利人米斯特拉爾愛的
鐵路工舉槍自殺，使她終生未嫁。
同樣使我未遂的還有
我湧向你的浪花。
穿著嫩黃的毛衣，你行走在我淡淡的煙霧裡。你的偽裝像劉謙的魔術那麼好看。

我的春天讓我開了屏。
一件包裹嚴實的禮物，渴望被拆封。就是說，一廂情願被毀壞。粗暴而愉快。
然後我上升。從遙遠的蓬鬆的弟弟
到孤獨的精明的叔叔。三十七層。和墜落的危險，打了個照面。
無論怎麼撲騰都要
沉下去。無論怎麼躲閃。都要被
貼上恐懼的標籤。玩具的結果就是被弄髒、丟棄。輕描淡寫。橡皮擦掉錯字。

嬴政焚書坑儒。司馬光用石頭砸缸。奶子很圓、很大，瘋姑娘。我嘬著
順著她的願望。後來我依稀認出她她的瘋像風
無影無蹤。她一定經受了很多很堅強、很棒。她招認了體面的供詞。

每次夜班歸來，我總騎著一根荊棘。她總頂著廚房。
大半個晚上我觀察
外國死者。後半夜，睏了，就隨便轉轉庫區。手電筒東一下西一下
　　瞎照。
星辰有時候陪伴、有時候拷打我。舉目無親：我在巡邏記錄上這麼
　　交待。

我在官庄鎮回味
南京你的電動摩托，我們的
二零零七年五月二十四日，什麼都沒發生
的發生。一隻被你攥著的手，再也縮不回去。一隻微微蕩漾的小舟。
我感到了愛。一點點。薄薄的。滑滑的。像你的絲襪。
我們的二零壹零年三月六日依然沒有奇跡。門口，郭師傅在炸油條
曾姐在賣核桃紅棗。郊外，青青的麥田冒著山羊的白沫。

有時候和老丁從那裡返回我感到我們好像剛剛
被藍天白雲排泄。黃金的嬰兒糞便。尤其油菜花開。但仍舊落進
廁所。笑著打招呼。嗞嗞響著，高壓鍋、夜生活。
咕嘟嘟油乎乎辣嗖嗖麻兮兮酸溜溜甜膩膩爽歪歪。我們被端上餐桌。
我感到我是一瓶假酒，被認真掌握。
擦嘴用的紙巾，盛菜用的碗碟，巴結用的蜜語。我用離開帶走。
我和我聚會。在寂靜的肛門。像襪子和鞋子。當曲終人散。

有時候我被剩下來。當闔家團圓。
有時候我裸露。卻仍惦記著衣服。

有時候他吃奶的樣子，他嬉戲的樣子，他忍耐的樣子，他飄然的
　　樣子
它甩尾的樣子，它交配的樣子，它振翅的樣子，他悔恨的樣子彷
　　彿我。
有時候一座懸崖
聳立路面。我想哭是因為
我不再吃驚。

2010.2.19–2010.3.7

和逝去的塔科夫斯基
同在冬天的陽光裡

凌晨兩點多睡，上午十點多醒。
多麼多，滿空間瑣碎。
麵條一碗。零錢一疊。

池塘冰，人鑿洞。
魚將游到嘴中。孩子們將
隨意不得，繼承某個古老舉動。

我是從南陽來的祖母的墳
在安慶。在北京
我修改劇本。變化的只能面對。

空氣的冷。感覺的輕和
理論的重。沒錯，重。
三十六歲開了口：洶湧，隨後。

2009.1.6.北京宋庄.平民電影工作室

在美妙的天空下

中午我否定片刻。
雞蛋湯，灰喜鵲，牢騷話，由你
帶來的微微的藍色。

蛇的扭曲的事實。
我不接受。扶著欄杆以免
往下跳。

你知道我喜歡你
有時。有時我
被切開。它們讓你害怕。

從西半球到東半球落了無數次雨。
複雜的烹飪。簡單的鹽粒。
從南到北，癒合是看不見的。

2009.3.20.凌晨2點

在旁邊

昨晚被劈過的
肉堅持到今晚
的酒中。周圍硬著，包含一些驚奇。

啞巴中我的
嗓門是最尖的一個，壓得更低。
嘴邊，它沒喊叫，就進了喉嚨。

像一滴淚我
滴入大海。對繽紛的，異樣的
接著感興趣。保留鹹澀。以證明

不止一次被棍棒教育而
不說話地畢業。
軟塌塌的觸鬚，縮回響噹噹的機械。

杯子空了又滿。飽了但
一直餓。一飲
而盡：壓著彈簧，遮著風光、壞蛋。

2009.5.21

在啤酒瓶蓋連續開啟的聲音中

輕而易舉：蘭花，蝴蝶。
下半夜，關節仍酸痛，卡在
上午的舉止中。過分過分重複的俯臥撐。

過分的絮絮叨叨。卻有
軟化的功效，母親。暫時我們
搭配在一起。她的排骨，我的雞腿菇。

對胃口生殖器語言
的操心讓我分了身。卻還是一個。
我感到你的彈性。卻無從下手。竟潸然。

還是飛鳥決絕些。任它後面枝葉
怎樣輕輕晃動。
風蕭蕭兮易水寒，壯士一去兮不復還。

不對你們開放：一座
擰緊的殯儀館
裡的悠悠、潺潺。不哀悼。免得再次醒來。

2009.5.24

在到處都是的不是中

一點五六米。我不再反抗
我的局限。它和我的
遙遠有關。一個包裹，被再次包裹。

棉花和匕首。很難跟你說清
之間的分界。十五年前，中醫
課本扉頁，我寫下魔頭，然後貝貝。

很難讓你看見帶著
血腥的風。卻帶來了後來止不住的
映照。二十年。其中有驚訝、光線。

丟失的小鹿偶爾仍在你
胸口輕輕頂撞，我猜。喝了
這麼些年酒，卻仍不會猜枚、遺忘。

那些我曾認為
知道的事已經
面目全非。一點五六米。低於棺木。

2009.5.29.凌晨3點

在邏輯外面

年少時我成為
永別。
導致窗外傾斜，這腫脹的熄滅。

葡萄乾裡有一顆眼珠。這臘肉
的不可更改。
越來越與我無關，一個心願。

早晨我喜歡菜市場。
喝胡辣湯。在分開的豬和
剖開的魚旁，駐足片刻。

中午我喜歡傍晚
的細雨在夏天，鍘刀微微蕩漾。
我的波紋。未亡者的輕煙。

紙灰的糖果的湛藍。牢牢的
準確的幽暗。
彩虹的紅。像血。美美地彎曲。

2009.6.8

在自家的小賣店

庭院裡內臟招蚊蠅。
米飯足夠白。但我和你的頭髮
始終黑著。

活人的手指聽到了利潤
在東西遞過去的剎那。在
墳墓上，青草帶著落日餘溫。

余怒。在安慶。卡夫卡在二樓
的書房。我已兩年沒翻他。
一位淒涼的馬克思，表面燙金。

更激烈的吊扇也不能驅走
突兀到來的憐憫。我經常
憐憫我。當第三瓶，啪地打開。

起風了。門口垃圾袋飛翔。
唰唰的樹葉
使無我有了聲音、顏色、形狀。

2009.6.22

在喊不出來中

恐懼可以一直暗暗黑著
在明明白白中。
一封長長的沒寫的信
可以像周而復始的春夏秋冬。
經過了。無言以對。

愛可以像
我衝母親吼叫旋即後悔。
比我小的姐姐，我始終站在
你遞來百合花的地方。
江水像員警。帶走我們，分別關押。

整整兩年
的一天。到處都是蝴蝶。穿越
別人的陰晴雨雪。
多年的一天。他躺酒裡，冷冷綻開。

2009.7.8

在身外的光輝和塵埃中

不悲傷的祕密在
身外的光輝和塵埃中。
不飛的鳥，不被比喻。

樹葉知道風的滋味。
一些早晚的無形襲擊。
有的甜，微微發苦。

對快的厭倦往往導致了
在大面積的直達上烏龜
的縮頭。螞蟻舉著星空。

蝸牛懷揣酒瓶、經卷。
女孩比女人危險。
那屬於骷髏的，依然愛著。

有時我感到母親是棉花
的鐵錘。有時我遙望你
沒有眼睛、火焰、呼吸。

2009.7.25

敬獻與微瀾

1

這麼些年從沒
給你寫過一句話

這麼些年過去了
你依然擺攤兒
而我
經常喝大

這麼些年
為幾塊錢

對他們陪著笑臉

2

有時候我喜歡看你
睡覺的樣子。
有時候我突然
特別喜歡你。

有時候我看你睡覺的樣子會突然
覺得恐懼
當深夜酒醒
明月照臨。

那是我的身體
未來
的屍體。
那是我的父親和母親
他們
曾經年輕。

3

暖風輕吹把春天
送入花朵晃動的嘴唇。
一堆人的世界
忽然剩下一個人
和青青的麥地。
斑鳩的叫聲穿過樹林
黃昏昏黃。
熟悉的場景
要多熟悉
有多熟悉。
你不在這裡。

4

暗下來的一天亮起星星
他們在歌廳跳舞
在大街上
發出笑和別的聲音
燒烤的爐子炭紅火旺。
我摟著你的腰
給你缺乏的杯中斟滿酒。
我們的親密顯得我們好像不是
做了七年的夫妻。
你手腕裸露的部分皮膚粗糙
摸起來澀澀的。
因為洗衣洗菜洗碗
日復一日被涼水侵蝕。

5

雨水沖掉昨天小孩子在我家門上粉筆寫的算術題。
雨水沖掉
馬路和樹葉表面的灰塵。
推著紅自行車
舉著藍底碎小白點的傘
穿著

纖細的高跟鞋。
如果你不突然抬起頭對樓頂的我笑著打了個招呼你就像
一個我從未認識的女人。

6

許多年前
兩個人坐在
露水打濕的草坪。
薄薄的霧
慢慢升起。
那好像是
夏秋之間
天空好像有一團
朦朧的月。
當談話靜下來
不知名的小蟲子
仍在唧唧。
你的手
似乎無意中
觸到她的腿
而為了掩飾什麼她扭過臉
望著黑糊糊的樹林
（風一吹，樹林就唰唰響）。

天微微有些明瞭。
有人
跑著步經過身邊。

7

長江中，往來的船隻販賣自己。
流動的江水，遠看，似乎停滯。
大群的鷗鳥俯衝下來，啄著
人們拋棄的麵包渣、塑膠瓶。

說出來就是黑暗的。
說出來了，舌頭髮苦。
奶奶的墳距長江
只有兩公里。

8

其他人都老老實實呆在教室裡
我們來到河邊
並排躺下。
她的手屬於我。

有時候幾隻燕子
飛快掠過

使水面蕩起
一圈一圈的波紋。

9

沒有人看見你。
沒有人看見
你坐在樹下
聽昆蟲的聲音。
中午的村莊
懶懶的陽光
散落田間的墳墓
開著紫色白色的小花。

我不記得曾經做過的事。
我記得
她穿著紅裙子
頭髮
飄揚在五月的風裡。
沒有人看見
我坐在樹下
開著紫色白色的小花。

10

山頂上小雨變成
一粒一粒的雪籽。
桃花剛剛綻開
有的粉紅
有的深紅。
對面懸崖的洞穴冒出白雲
一朵一朵。

已經這麼些年了
我仍可以看見他和她
沿著陡峭的臺階一級一級
小心地往下走。

11

冬天傍晚
我和灰白頭髮的父母邊吃飯邊看電視
還有共同生活了七年的妻子
粉蒸排骨冒著熱氣。
許多人註定
也這般如此
並在不經意中發現

窗外一簇一簇往下落的
沒有聲音的雪。

12

我喜歡你。
黑黑的長長的頭髮
嫩黃的毛衣。
我喜歡含著你白白的手指時
你看著我眼神裡的安寧。
十多年前在武漢華中師範
我們晚上在林蔭道散步
樹背後一對對情侶
身體緊緊纏在一起
你好像意識到了什麼
故意
稍微離我遠點兒
從圖書館透過來的燈光
使我們看見
剛剛綻開的桃花。
第二天我們把桃花拍進照片裡。
它粉紅
你微笑
我顯得嚴肅
我們錯開

大約兩釐米。
東湖的水面飄著淡淡藍煙
我喜歡
那時候沒有拍進照片的
所有人和風景。
十多年後
風景也許還是那樣
有的人
卻可能已經死了。
也有的人
比如說我
在河南南陽官庄鎮
一個陰天
給你寫這首詩。

13

和你們在一起。
和你們珠圓
玉潤的女孩子。
老年人頭上的白髮
年輕人
過早渾濁的眼睛。
天空乾淨
塵世安寧。

天空灰暗
眼看
要下一場暴雨。
和你在一起
和你
風中飄飛的裙子。
已經好幾個月我對你沒有一點性欲
但現在我喜歡你。

14

白酒。
後來啤酒。
後來你關機了。
我記不清說過的話。

醒來。
淡紫的喇叭花
深紅的月季花
金黃的南瓜花
在樓頂上。
在細雨中
有些身體靜靜開著。

15

鳥群一次次降落又飛起。
春夏秋冬。
樓下鄰居們玩著紙牌。

風霜雨雪。
地圖上我和你
靠得很近。

16

七月
下午
附近傳來打夯機嗡嗡的建築聲。
一本書。
凝重的黑色封面
寄自杭州。
第三十二頁
印著我在南陽官庄鎮寫你的詩。
你不知道你裸露的腳趾有多迷人
在四月下午明亮的光線裡。
像清涼的水中那些潔白圓潤的卵石
至今閃爍在武昌東湖岸邊。

17

雨落著。
一幢幢樓房
面無表情。
一堆堆廢墟的未來。
曾經
我想迅速長大
像父親那樣做任何
想做的事。
現在我已等於母親
拉著我上幼稚園的歲數。
去年夏天她躺在
氧氣瓶旁邊
手腕扎著吊針。
我攙著她到廁所
想起小時侯她抱著我拉屎撒尿。
我沒有自尊
她沒有皺紋。

18

鬱鬱黃花
蒼狗白雲。
在我值班的地方除了這些還有
海棠和薔薇。

在我不在的地方
白雲蒼狗
黃花鬱鬱
我永遠不會忘記你當海棠和薔薇
落了又開。
我放下報紙
埋頭剪指甲。

19

曾國藩陳獨秀的碼頭。
松蔭下
姚鼐琢磨章句。
古老的群山中
你用竹簍背著我
手指伸向青菜和露珠。

陰雲裡久久
憋著農藥的滋味。
江水拍打
月光鬆弛。
你皺縮的皮膚感覺不到泥土冰涼
因為紅漆棺材釘得嚴密。

20

有時候綠葉是黑的當暮色更濃。
有時候
春光明媚
姹紫嫣紅
像藍天下靜靜擺放的花圈。
一個小孩子牽著媽媽的手
邊跳邊唱
像隨時可能斷線的風箏。

床單變舊
筷子磨損
我們進入
停靠肉體的房屋。
有時候我們吵架
很快又和顏悅色。

我們陷在劇情裡
忘記了身外的星空與生死。

21

插進酒瓶的花枯萎了。
裡面
有更多東西在凋零。
龐大的建築
微弱的身體。
裡面有一把
剪刀在唦嚓唦嚓。
彷彿幽深的峽谷
回蕩啊啊的喊叫。

事實上什麼也沒有。
事實是
我每天下班
然後和你一塊睡覺。
你喜歡抱著我正如小時侯
我總愛摟著枕頭。
明月在照耀。
裡面有群山
可望不可及。

22

在大地上建造房屋。
拘留
然後垮掉。
愛著的瞬間
明亮的藍天。
一個嬰兒含著乳頭的片刻滿足。

比空氣還輕當我們
淡淡地飄出煙囪。
當我把目光轉向花白頭髮的父母
彷彿定格在眼珠裡的遺照。
比皺紋
還要深刻的劃痕。

秋風默許著凋落和塵埃。
你真好
雖然青春不再。
灼熱的幽暗
貼緊的嘴唇。在最終的忘卻中。

23

過去的事物經常回來。
這讓我有機會
重新審視它們。
背景轉換
像置身殯儀館。

像小女孩你蜷曲在被窩。
像可愛
陌生的貓咪。
你給我洗澡的樣子像媽媽。
水中的你
散發著好聞的奶味兒。

午飯通常是
麵條加蔬菜。
晚餐我們到父母那吃。
白米飯
四雙筷子。
我有個妹妹在青島
弟弟在北京。

深夜從屠宰場下班我有鮮血和骨肉。
像隻貓咪你在被窩蜷曲。
我感到你的溫度
在外面的冰天雪地裡。
我感到我活著。
這讓我有機會
在殯儀館失聲痛哭。

24

一堆骨頭不屬於
任何人。
新生的墳墓。不屬於我。
有些早晨，鳥格外明亮。

有些長夜我屬於
臥室和妻子。
我們看電視。她忽然咯咯笑。
同樣的情景也許
也發生在隔壁、紐約。

就是那種
說不出來的藍。幾片淡淡羽毛
漂浮其上。
回想中的童年，也有彷彿味道。

起先是乳頭。後來是
手。
現在我牽著你，慢慢走。
有些時刻我竟然
對你發脾氣，媽媽。

2009.整理舊作而得

穿過菜市場

蘿蔔比維特根斯坦
重要。
籠中的
雞鴨的忍耐。
孤零零
這隻魚頭
有口難言。
每一具身體都被牽引著。

我也不能例外。
我向前
向錢。
血一滴一滴
滴入下面的塑膠盆
——羊
缺了半邊。我也無法更改。

妻子以為我拎著
她等待的心肝。

而我返回在沒有
你的路上。

2009.9.22

少年與死亡

從前的雨絲
和手銬。
現在他刮完鬍子，挪到陽臺。

下面，她的臉不是
她的臉。
他頭頂的藍
說出了一切：什麼
都沒發生。

東半球的寂靜裡
有細碎的喧鬧。
人在生人，畜牲在懷孕。
河南省含著
五道廟看守所。像內褲
上的一點精斑。

2009.9.24.凌晨1點

冬日魯山縣上湯鎮遊記

河灘。橢圓的石塊，有我們的經歷。
我不用眼也能看到了。我用耳朵
觸碰喜鵲上面的浮雲、下面的利益。

藍天的肚量中你的肚量無中生有。
小黃梨。它們是被刨光
的小黃鸝。鳴叫在咀嚼的嘴巴裡。

他們又在母親臉上造磚頭墳因為
領導覺得泥土墳太老土——
因為死者在公正廉潔、替民做主。

白酒瓶敲著半夜的黎明卻怎麼也敲不開。
因為我們的到來，幾條狗敲開了
附近的桃樹、李樹。要摸著黑才能聞到。

2009.12.24.凌晨4點

實在與空虛（節選）

1

火車穿過隧洞
短暫的黑暗
將持續保留下去。
他鄉就是另外的地方
但發生的事
與本地沒什麼兩樣。
三十歲
曾經的困難
變得輕易
幾個經常見面的人
突然燒成灰。
從流星的角度看
一生即一瞬。
而一瞬
的閃光
會長久保留下去
在以後的某個一瞬
使你濕潤。

比如昨天傍晚在廚房
切洋蔥。

2

一個酗酒的人只剩下四肢。
一個酗酒的詩人
只剩下眩暈的詞句。
正在消失的
將重新出現
只是戴著與我們略有差別的名字。
黃昏
大而圓的太陽
慢慢墮落
農民扛著鋤頭
走向他們生老病死的村莊。
實際上我說的是另外一些事。
實際上我想做
另外一些事。
我指鹿為馬
聲東擊西。
雪花飄飛
桃紅柳綠
開始遺精的男孩寫紙條
給剛剛月經的少女。

3

用詞語造句。
但解決不了什麼問題。
一隻蚊子
兩隻蚊子
柔和的檯燈導致了
更多想要喝血的蚊子。
用蚊香薰。
但解決不了什麼問題。
隔壁妻子突然哈哈大笑。
肯定是
電視裡某個場面太滑稽。
能快樂就快樂
也挺好。
但解決不了什麼問題。
最近
我經常不得不在樓頂來回踱步拎著啤酒看
滿天繁星。
有時一片漆黑。
有時月亮很大下面的人好像
再也不會蘇醒。

4

樹葉按命令掉落
小孩子按計劃
長出鬍鬚乳房隆起。
更少的人掌握更多的金錢
推土機轟響
碾過弱者的腦袋。
不久
波浪就要漫上來
不久
潮水就會退去。
在反復中
事物得以展現
它們古老的新鮮
在一面不說話的鏡子裡。
在家中你覺得自由
你和妻子
相對沉默。
換頻道時
電視機微弱的螢光
使臉孔忽明忽暗。

10

屋簷下冰凌一滴一滴往下滴
一滴一滴往下滴
顯示著消逝的耐心。
室內冰冷
但外面陽光燦爛。
但進入不了內心。
昨夜大量的啤酒使頭顱兀自疼痛
當你展開書卷
卻一個字也讀不進去。
僅僅有詩歌是不夠的。
僅僅有柴米油鹽
則顯得更少。
僅僅是
孤獨
和逃避孤獨時所附帶的
一連串喑啞的動作。
我看見少年的我打架鬥毆
被磚塊擊中。
我看見他臉上的血仍在
一滴一滴往下滴。

11

等了很久的朋友
打電話說不來了
當我正在客廳擺放碗筷。
於是獨自吃喝
偶爾把頭扭向窗外。
一角傾斜的暗藍
綴著幾粒星辰。
隔著天花板我也能感覺到
月光隨著月亮逐漸升高而充滿大地。
音樂是必不可少的。
就像花生米。
年輕時我喜歡聽
嘣嚓嘣嚓的聲音。
強烈
毫無意義。
現在我喜歡緩慢的低沉。
似乎有什麼又好像
什麼也沒有。
年輕時走在月亮下面沉默著卻聽不出我們四周
哀悼者的寧靜。

2004.7.30–2005.2.2

幽藍（節選）

1

那天晚上我們翻牆來到
校外月光下的麥地。
白天這裡人多
我們什麼都不能做。

再往前走點就是條小河
但我們沒再往前走。
坐在麥地裡
聽蟲子唧唧。
周圍沒有一個人
我們什麼都沒做。

多年後我經歷了很多
當時令我激動的身體。
很多人。
有的已永遠離開。
現在我終於感到美好就是那些當時可以企及
卻未曾發生過的事。

3

一個小孩子不知不覺變成了
整個成人世界的一粒灰塵。
深夜送走賓朋
醉意朦朧
旁邊妻子輕輕打鼾
我感到陌生。

我感到憐憫環繞我在我
經歷的每個地方——
火車站
歌舞廳
拘留所……

因為牙齒和睾丸
我在天空下忙碌。
睡去
醒來。
看見早晨慢慢變黑卻從未看見自己
裡面的潔白。

4

從地球上醒來雨
再次敲打窗外的鐵皮屋簷
柳樹微微泛綠。
十年
泥土繼續生長莊稼
掩埋屍骨。
手腕勒痕早已消失
但鐐銬仍未解脫。

暴曬的監獄牆根我好像還跪在那裡。
好像進入
一個緩緩收緊的繩套
帶著那些強迫給自己的東西。
用三分鐘擠膿汁
漫長無比。

這些事物不會使白頭髮驚訝如同傍晚漸漸
暗淡的光使他們安詳。
太晚了
來不及了。
我在我的陰影裡就像
人在世界中。

6

溫暖的湖面它們游動。
鯽魚
草魚
灰背鯉魚。
春天
樹忽然變青
正如人大批孕育。

花不失時機地綻開。
先是梨花
然後杏花
接著桃花。
在黃昏
空中幾隻蝙蝠盤旋
在深夜
如果月光足夠皎潔。

除了蝙蝠還有白鷺那是
群山環抱的家鄉。
外婆用葫蘆瓢一下一下往木桶裡舀泉水
旁邊
蔓生的薔薇形成一道芬芳的籬笆。

旁邊我坐在地上
低頭玩弄手中的石子。

那是在我
對豬肉垂涎欲滴的年代。
兩歲
也許三歲。
柳條的筐子
大人穿舊改小的衣裳
我和姐姐手拉手
去田間打豬草
白鷺在藍天下飛翔。

11

多雨的日子
樓底下爬山虎
突然就青翠地伸到了眼前。
我放下書
走進客廳
陪你看電視。
他們在螢幕裡憂愁
接吻
生病
因為愛著而流下淚水。

因為長久生活在一起
我和你默默無言。

夜晚降臨。
隔著窗紗
那些藤蔓黑黢黢一片。
我離開電腦
走進客廳
陪你看電視。
破滅的憧憬
辛酸的美好
使你眼眶禁不住濕潤。
而有時候你會禁不住
哈哈哈哈地笑我也跟著
嘿嘿嘿嘿地笑。

關上門
滅掉燈。
聽著
水滴自房檐滴答滴答……
夢中
另外的世界來到了。
我和你
兩個腦袋裡互相隔開的世界
溢出了我們長久生活在其中的世界。

我們不知道滿月已經破開雲層
到處都是
明晃晃的寂靜。

12

我住的這棟樓房緊挨公路
以前是莊稼地。
更早更早以前
五月
九月
我和劉濤常常來這兒偷摘豌豆蠶豆和毛豆。
頭頂星辰閃爍
遠處狗叫靜寂。

的確已經發生
雖然不可思議——
我沒料到多年後我會在此喝酒寫詩
而你在隔壁看電視。
時光滴答滴答流走
花謝花開
有時我拎著酒瓶在樓頂踱步
對轉瞬即逝感到恐懼。

一本從未完全展開的相冊
——我和你——
兩種永不可能互相置換的內心。
從你的腹部將孕育我們共同的未來
撲閃著兩隻如同我們曾經清澈過的眼睛。
頭髮緩慢地生長。
我吃驚於自己多麼快
就經歷了一個又一個死亡。

13

我第一次摸到乳房是在媽媽臂彎
第二次摸到
隔著你薄薄羊毛衫。
很多個深夜
尤其少量酒後
我回憶著那些細節
但好像越來越失真。
月亮的銀輝傾瀉在四月幽暗的麥田裡
我感到緊張
當你離開我我聽著你在旁邊不遠的地方蹲著撒尿。

已經十四個春天了
那片麥地

早已經變成幢幢高樓的住宅區。
東湖的橘園中
藍色白色的野花星星點點
你把一捧青草扔在我頭上。
我們談到男孩兒女孩兒都一樣
不過是構造不一樣。
我一直沒有說出我最渴望的
其實是你緊繃繃的牛仔褲遮蔽的兩腿間。

我妻子現在和昨晚一樣正在隔壁看電視。
在一樁撲朔迷離的兇殺案面前
品味著生活的危險。
我感到遺憾
當你從汽車上下來笑著把行李遞給我我沒有接
因為對你一直沒來監獄看我耿耿於懷。
這些小事無人知道除了我可能你也已經完全忘記。
除了青春
時間似乎還帶走了
另外一些東西。

17

十二月即將結束。
但早晨和傍晚

每天都在重新開始。
某些地方早已連續幾次大雪飄飛
這兒還沒一點動靜。
你去市場買肉準備包餃子。
羊肉暖腎太貴
豬肉涼胃便宜。

把白菜洗淨你開始剁餡兒
又加了幾棵大蔥。
湖南小鍋燒打了兩斤白酒
徐記調味店拎了一瓶米醋。
因為月底工資花完了
你對他們說先欠著。
月亮升起來了
缺了半邊。

如同酒醒後口渴難耐
你的空乏使你打開幾小時前關掉的電視。
調低音量
生怕驚醒隔壁的妻子。
劇情變化
好人原來是壞蛋。
你想起曾對某個人五體投地
後來知道他不過為了騙錢。

月亮升到從窗戶看不見的位置。
屋子外面
冷冷的淡淡光輝。
大街上好像從來
沒有走動過人類。
好像手術已經成功——
你無話可說意味著你裡面
有什麼正在結痂癒合。

2005.3.12–2006.4.5

獻給我的寶貝土撥鼠

上面是黑暗。

一隻毛茸茸的小狗蜷縮在牆角。
像你。

吃著
喝著。
旁觀著。

交談著。
抑制著。

我多想長久地抱著你。
在巨大
冰冷的搖籃裡。
我感到一掠而過的心疼。

上面是黑暗。

2006.11.10.濟南

遠離

1

男孩從沉默裡拎出
裝滿星星的天空。
已經三十年了
作為一塊呼吸著的肉
他的頭髮塗著借來的黑色。

雪地上雪無法使雪更白
但烏鴉能夠。
已經三十年了
從屠宰場噴濺的血液依然未能匯成洪流。

2

我曾經歷過電閃雷鳴的暴雨就像
茶葉慢慢沉到杯底。
慢慢慢慢冷靜
緩緩嚥入喉嚨。

鏡子裡稚嫩的臉突然變成早晨
父親用自動剃鬚刀刮鬍子的臉。
黑髮夾雜白髮
意味著桃花在身體四周反復凋謝。

3

寂靜在生銹。
我擰亮檯燈
與詞語交流。
我寫過一些好詩。
然而沒用。

黑暗。
似乎有什麼
靠近了
又無聲退縮回去。
似乎得到了。
然而沒有。

4

堆積的事物堆出
巍峨的厭倦
白雲聽起來像一記冰冷耳光。

像一座酒精浸泡的炎熱火車站
太多的目的
滙合成昏昏欲睡的大腦。

一間孤零零的候診室塞滿了
等死的耐心。
那可能不是我
——烏有的遠行之後
回到身體破敗的公寓。

5

灰藍天空兩三縷淡淡浮雲。
下面
幾個囚犯在用鐵錘砸石頭。
事情過去多年
這其中彷彿已經沒有我。
從來沒有過。

先是李白縱身一躍。
然後是徐小燕
一九九八年。
江水萬古恒流。
沒有我。
從來沒有我。

6

傍晚獨酌
旁邊似乎有一個
寂靜的斟酒者。
紅日低沉。
他去釣魚
卻拎著兩串青蛙歸來。

對面樹林裡鳥聲越來越密集因為
幽靈的牙齒即將閃耀。
太遲了。
然而恰好可以
目睹星空壯麗。

7

人呱呱落地像水泡無聲破滅
影子始終在追隨。
事物悠悠經過眼前。
一朵蒼白的小花
開在藍天倒扣的大碗裡。

皮膚和空氣難解難分
我好像有過
按捺不住的青春。
結束了——
彷彿暗夜池塘邊
蛙鳴消失又出現。

8

遼遠的宇宙中屠宰場瑣碎的歡樂。
每天拂曉
醒來的眾生用牙刷上泡沫的潔白
證明著睡眠的幽暗。

像暴漲的河流被堤壩攔住
一個少年在我身體裡痛哭。
傍晚深山鳥群激烈談論著
不為人知的寂寞。

9

身體含著酒
微微漂移。
白雪耀眼
我看見多年前我在喜馬拉雅山。

初春的恒河
偶爾幾具屍體隨波逐流
彷彿花瓣迎風而落。

後來的回聲。
繚繞在萬丈絕壁蚊蠅的嗡嗡。
我看見妻子。
在用遙控器連續換頻道忽明忽暗的螢光裡。
深夜躺著面對空曠的天花板
有時會看見一隻手靜靜將我摁向黝黑的水底。
那是媽媽
要把嬰兒排出子宮。

10

到九點太陽才出來。
濃霧散盡
猶如火車穿過隧道。

我們曾像失去雙親的小獸迷惘在深山裡。
孤獨地繞開
溝壑與岩石。

11

從山腳到峰頂她的黃毛衣在我眼前晃動不已。

從現在到一九九一。

桃花粉紅

桃花粉白

一個後悔被揉成一團

而當時我渾然不知。

小雨突然

變成小雪。

我們冷得直哆嗦我沒有

勇敢地把衣服脫給你。

太陽出來了。

無垠的雲海下面

彷彿從未有過我們置身其中的世界。

我把一把彈簧刀落山上了那是你

從陝西師範大學中文系你姐姐那借來的。

十七歲的我感覺不到若干年後的某個時刻

它將猛地扎進我心裡。

12

樹木高過瓦頂。

裡面

有一隻嘶啞的蟬。
在裡面搬運
堆砌。
為了圍住
圍住我們的空間。

洋溢的奶水指認了一個嬰兒的幸福。
裡面
是一陣風。

13

二十年前她和我同桌。
亞麻色長髮
大大的眼睛。
當她微笑著盯著我說你們男的可壞了
老強姦人家女的
我的臉一下子紅到耳根。
好像我已經做了那件事。
三十年前
晨霧淡淡
外婆用竹簍背著我去田間割韭菜。
我不會說話
外婆不知道自己以後會喝農藥。
碧藍的海水輕柔地翻捲

女孩子們白皙的裸體
走動在金黃的沙灘……

醒來時夢讓你舌頭變苦。
母親精心準備的晚餐
使你氣息酸臭。

14

一個又一個緊接著一個又一個那消失
的速度。
我們走動
在這裡就像
在別人腦袋裡。
天上的雲和
水中的雲。

為了產生多餘的哀悼新娘在懷孕為了
被時光輕輕綮破。
有時候我們是快樂的。
哼著小調
喝著啤酒。
到悲劇正在發生的
從沒去過的地方旅行。

15

反面和正面和側面都融入了
單純的無知裡。
我用你的手觸摸
我以為是自己在觸摸的東西。
秋風起
白雲飛。
從南半球到北半球
血在默默流。

一陣暫時的
麻醉之前的清醒。
因為你的臍帶雖斷了但還連著
另一端始終沒人接聽的電話。
秋風起
白雲飛。
好像在一部借來的影片中
旁觀導演的哀痛與壯美。

16

薔薇的粉紅和打嗝時
腐爛的氣味。

深秋了
我還沒有落葉。
沿著公園脆響的小徑
幾個走在前面的
女孩忽然哈哈大笑。
還沒有成為急著回去做飯的母親。

很難精確描繪出她們扔向湖心的石子
給我帶來的波紋。
你也曾是
其中一枚。
穿越一道鐵柵欄
拐彎。
家像一本即將打開的舊相冊
但被傍晚模糊。

17

磚頭和空氣組成
人們漠然相愛的世界。
一個黑暗洞穴
兩條冰冷的蛇
緊緊纏繞一起。

我遇到過淚水傾盆但也許是大雨落進眼睛。
我的舌苔至今停留著說不出的滋味。
我記得你皺著眉
在想什麼
後來又輕輕笑了。

18

半個月亮照著全世界夢中的人民。
耳邊
妻子均勻的呼吸和黑暗。
荒廢的街道。
伸向天空扭曲凌亂的樹枝。
更遠處。
剃著光頭的我在眾多光頭的鼾聲裡悄悄手淫
——聞到揉碎的青草淡淡的血腥。

19

雨水灑在我屋頂也落在
他們屋頂。
深秋我在室內飲酒。
有時站起
望向窗外。
圍繞著根部

那些靜靜的葉片和花瓣
從來不曾叫喊。
有時我凝視著遠處高高的電視塔看見我縱身一躍
在烏雲下面像一絲
無人聽到的白色叫喊。
如同風拂動樹枝
我為自己的可能顫抖。
如同打開密封的罐頭露出血淋淋的肉
往昔劃過我的身體。

20

紅日西沉
麥田青綠
橋上我們打開啤酒。
橋下
河水平靜
似乎從沒淹死過人。

初春的風吹著我的臉也吹著
不遠處隆起的三五個墳堆。
在徹底
漆黑之前
我們還能
互相看見。

21

雨的庭院。
蒜苗炒豬肝。
他用右手斟酒給左手。

整個世界浸在液體中好像頭顱
被摁在水裡。
他戴著手套
無處可去。

22

醒來時我聽見鳥叫在射擊。
樓下
一對年輕的夫婦在殺狗。
經過時
它眼睛已合上。
看不出
裡面的懼恨。
我走進值班室
讓門關上我。
外面

桃花開了
鮮血淋漓。

醒來時我聽見妻子在樓上準備早餐。
廚房裹住她
如同我在屍體裡。
如同星辰隱匿在
沒有表情的灰藍中。

23

在武昌的東湖我喜歡看你赤足走在岸邊。
白皙的腳丫
晃得我眼花。
我喜歡看你生氣噘著紅潤的嘴
當擁擠的車廂中我裝作怕你跌倒摟著你的腰。
你笑著把一捧青草扔在我頭上
在淡藍色的天下。

在雨了又雪亮了又暗的天下一些人音訊全無。
傍晚的光線
使玫瑰和月季似乎
越來越沒必要分清。
玫瑰也許更美好。

然而月季
離我的手更接近。

24

石頭沉進水底像封條貼著嘴唇。
三十四歲的野外
麥田和未出生時一樣綠
年輕人在相愛。

我們之間的堤壩隔開了彼此湖面上顫動的漣漪。
空間鎖住鳥群。
暮色逐漸加深
使粉紅變成灰暗。

25

鐵絲上吊著的臘腸像割下的陰莖。
十四歲
精液射到地面。
像鼻涕和痰。
中午芝麻葉撈麵條
黃昏番茄炒雞蛋。
當我睡時我側身貼著你屁股。

昨夜依舊我挨在你旁邊。
我們一起
隨地球轉動而毫無知覺。
這之前
我在樓下畫畫你在樓上看電視。
我喜歡賈柯梅蒂
臉沉浸在陰暗的筆觸裡。

26

我走動是因為
在睡眠裡耽擱太久
桃花已經衰落。
我走動在
自己臥室像客人
往返於賓館大廳。

對面腳手架上戴紅頭盔的民工和你
蹲下來挑揀青菜露出的乳溝。
我們永遠不會相知雖然都被
扣在藍色的玻璃罩中。

27

一匹馬拖著沉甸甸滿車鋼筋。
棕紅的毛皮
大大的眼睛。
你把手插在
褲子口袋裡
並肩而行。

明白的世界
緊張的血肉。
每邁一步你都感到腳下
要將你拽進泥土的力量。
好像黑暗
嘬吸著樹根。

28

九點的陽光催開了芍藥。
世界突然
多了一種顏色。
如同少了一個人
沒有誰感到吃驚。

早餐和燕子的滋味當它們
在藍天下靈活地飛。
我覺得妻子真美好當不再需要手淫。
碗裡昨夜的鵝肉。
浮水時
優雅從容。

29

冰櫃裡肉體多麼安靜。
僵硬的外表
卡住了鮮紅的心跳。
長柄煎鍋嗞啦嗞啦躥出蔥香
我猶豫著
是否該擱點花椒。

夢中第三次你與我共飲。
我忘記了
我們僅僅喝過一回
在別人的生日。
你捲著舌頭說話好像
從來不曾被推進去冷藏。

30

黑房間白皙的妹妹在顫慄。
因為青春
他在顫慄。
晚風拂動遍野茅草
他們瑟瑟的身子。

無論我做什麼最終都好像
只做了一半。
一個被凍結在夏天的男孩。
晚風拂動遍野茅草
無論我看還是不看。

2006.4.7–2007.5.8

越人歌

茶樹菇排骨湯。
黃豆豬手湯。
我感到種子在萌芽
忽明忽暗。

南京長江大橋和迷茫的水面。
你的舌頭依然停留在我嘴裡。
睡蓮粉紅
白蝴蝶四下翻飛。

2007.5.25.晚7點.火車途徑南京

如夢令

身體的大廳空空蕩蕩。
然後你手持
百合花進來。
流水邊幽暗的樹影
你微微閉著眼睛。

然後我們回到
各自深陷其中的瑣碎。
依舊是
萬家燈火的孤獨。
一個懷抱
始終在周圍敞開。

2007.5.29

懊噥歌

在火車上戴著你玉的心想念你。
一閃而過，窗外燈火。

微微的
疼疼的
甜的刺。在身體裡。
在黑暗中，斗轉星移。

2007.6.12.火車途徑魯山

聲音

肉吃著肉。
撕裂的聲音。
撞擊時
剎車的聲音之後
痛哭的聲音。
我聽不到花開的聲音因為
裡面不夠寂靜。

平底鍋上蛋被油
煎熬的聲音。
數票子
吞口水的聲音。
這幾乎是假的——
皮帶掠過空氣
嗖嗖的聲音。

苦楝樹
勿忘我。
砍斷和
拔掉的聲音。
人們在大街走動——

爐膛裡
劈啪劈啪焚燒的聲音。

手機中你女孩子的聲音宛如
青草綴滿露珠。
我害怕它
破滅的聲音。
我聽不到花開的聲音因為
過早聽到凋零。

我和你

王八住在
烏龜的洞穴。
相似的殼
使它們誤以為同類。
我和你在一起
在鋼筋水泥裡。
在吃喝拉撒中
粗暴或輕柔。

在鄉村或城市
人們掩蓋兩腿間的器官。
春天百花開
冬天雪花飄
松柏卻始終舉著
青青的樹冠。
我和你在一起
身體卻屬於各自的省份。

風吹散了煙霧。
斧子劈向
懷裡的針尖。

出於留戀
奄奄一息的燭火最後閃耀了幾下
我醒著彷彿
隨地球轉動的一座墳墓。
我曾立在枝頭
等你展翅歸來。

祭奠

澄澈的歡笑與哭喊吹拂著
拆掉的建築。
藍天巨大，面無表情。
燕子。輕鬆的雀斑，上下左右。

人工湖和人流。人工流產。
她折斷
花的脖頸。
他唇邊細細的絨毛，尚未遭遇冷冷的剃刀。

這是我的第三十五個清明。我依然沒有清楚明白。
這些踏青的腳步
踏向死者的頭顱。
垂柳、兒童，再次吐露。微微揪心：嫩黃的愉快。

2008.3.29

晝夜之間

微風中油菜花開到極端。
寂寞美好，輕輕蕩漾，欲言又止。
白天快黑了。
當我忍不住回頭。金黃暮年
撲面而來。

豐富的晚餐。簡潔的詩句。
我不用純藍而用碳素不是我能選擇的。單位
六個月就發兩瓶。我不用形容詞儘量不。
我選擇名詞和動詞。身體和行為
由一隻手操縱。

有時我覺得我是我的鄰居
在隔壁走動、沉醉。
我覺得我纏滿了繃帶
被拴在親人旁邊。在死刑
執行之前。

2008.3.30

破曉時分

一根白髮。
拔下來
作為書籤。作為寒冷的證據
雪花中兒童在笑鬧，雙手呈現紫色。

一把匕首。
猛烈的捅
化為進餐時安靜的割。青春
像腳邊丟棄的骨頭。

我沒料到我變成了我們。
一群圍觀者
一個被碾壓過的人。掩埋之際
突然的嚎啕。

2008.4.3

月夜

幽幽的魚塘我
扔下一把青草

這多麼像一盒
微微開啟的罐頭

裡面的肉
被驚醒
顫動

魔頭貝貝先生
在替我散步

2008.5.29.凌晨2點

在古老的肉體中

飯碗裡米麵
還沒有成為糞便。
筷子被磨損。在磨損
之前，嬰兒含著乳房。

東半球。河南省官庄鎮。雨後
蝸牛在舉行婚禮。
它們的柔弱，導致沉默的外殼。
雨點曾經打擊薔薇。摧殘著，哺育著。

一把張開的剪刀。
靜夜的恐懼、濕潤的炸藥。
我喜歡你每天
給你短信。正如火葬場，日日飄著青煙。

2008.6.25.凌晨5點

在愛戀中

穿裙子的貓咪。
我們遇見那是
很久以前。

點頭、微笑。
獨奏用
對方的弦。

外面明亮。
我們不知道的事像
白骨在棺材裡

像桃花粉紅，夜晚黝黑
山頂四月
飄著細細的雪。

2008.9.16

在旅館

結束後的黑、沮喪。
在黑中我幽暗，因此顯得亮。
你輕輕打鼾，像窗外星辰稀疏微弱。
整潔的床單已經褶皺淩亂。意味著
愛已經做完。為、無為，周而復始。
當我們被做完，明月照舊。

異地的危險。四周的硬
和綿羊的綿。十七歲，火車站，走廊拐角
高大摟著矮小，強迫的匕首針對羞澀的錢。
你摟著我。你越來越遠。
似乎在猶疑，閃爍的香煙。

掙不脫的魚鉤和攥緊的手。
清晨拍醒他們用光線的溫柔。
為了保護和消滅，牙刷在牙齒上來回移動。把牙齒一顆一顆
一顆從廢墟深處捏起那是
考古學家的事。元謀人、山頂洞人。這些回音般的人。百萬
年後的八點只有，一碟豆腐乳、兩碗粥。

從狹隘的官庄鎮進入遼闊的安徽省再到封閉的儀山鄉祖母
的呻吟，不停地
刺。在我耳朵裡。聽而不聞，死這個聾子。
夜晚狗叫像深山泉水叮咚。像墳台村少女時你在
舊報紙上畫美女、荷花。被銼治癒，彈指之間的瞎子。

隔夜茶浸泡一隻蒼蠅。他們浸泡我。我浸泡
語言。在朝迎南北鳥、暮送往來風的房間。我朝行李箱
彎腰，鞠了幾躬。一次
追悼演習。遲早。我們。不在下面就在上面。
有那麼一會兒，一台熱烈
的發動機，屬於隔壁一場吵架。老油條不停滴油，終於澆滅了火。

下午汽車裡我告訴你昨晚突然一個電話。我不能告訴你我很癢。
三百。還沒有，高得令人咂舌。還沒到
疲倦的年齡。疲軟、厭倦。她含著
他的孤獨，上下套弄。
孤單、獨立。短暫的相互支持、分享。那東西。

那東西仍得
自己帶回去。憋得難受，那一丁點兒
重要的東西。不忍也不能
割捨。
幸好大部分時間我們躺臥。在夢裡。在油鹽醬醋苦辣辛甘的
酒的氣味中

砰，門合上。結束後的黑。沒有
服務員，為我們結帳。

2008.9.27.凌晨3點

短暫的明亮之後

短暫的明亮之後
群山歸於黑暗的靜寂。
大約十點
我們在涼爽的木屋做愛
溪水流過
億萬年前的峽谷。
外面的城市有燈光
那麼多人
睡在堅硬的建築裡
也有的整夜看電視。
另一個世界的
圖像和聲音。

2004.3.16

小哀歌・獻給我的兄長李娃克

1

世界突然縮小
僅僅是
眼前的情景——
一滴水濺進油鍋
劈劈啪啪
他在廚房切薑絲
雨淋濕父親母親日漸衰老的小鎮
妻子剛剛晾曬的被單
隔壁賣糧食的老陳
連忙從門口往店中搬大米。
實際上
我已到了啞口無言的年齡
——發生的事
轉移到鏡子裡
彷彿從未發生。
拾破爛的舉著手電筒把頭探入街邊垃圾桶
晚間新聞說莊稼又取得了大豐收
當月亮升起

下面幢幢形態相同的居民樓變得朦朧曖昧
越來越不真實。

2

已經到了窗玻璃結霜的時辰
然而雪
還要繼續守候。
炎熱的非洲
枯焦草原上一個皮包骨頭跪在地面的小黑孩旁邊
一隻禿鷲安靜等待。
我從報紙看到這張照片她早就死去
還有拍照片的他
那個美國記者
迫於輿論而自殺。
仲春
某日
小楊給我和老丁合影
背後是幾座墳墓。
它們上面開著白花
黃花
藍紫色的花
我們上面
天空跟以往似的深遠
沒表情。

3

成群的鷗鳥俯衝下來啄食輪船上人們拋灑的碎餅乾

麵包渣

江水萬古恒流。

離此大約兩公里

先是埋著爺爺

二零零零年春節

奶奶也加入進去

夏天村子裡那些紫紅的桑葚

曾多次酸倒我的牙齒。

我和大頭在山坡挖一種植物甜甜的根莖

他傻

唇邊總掛著口水

放課後媽媽急著趕回來給我餵奶

有一次餓極了外婆慌忙

把她乾癟的乳房塞入我嘴中。

剛出生那會兒

我們兩眼緊閉

哇哇大哭

額頭佈滿

與年老時一樣的皺紋

只是顏色紅嫩。

4

最大的虛無——

死後的星空。

好人和壞蛋穿著各自的屍體

酣眠在

旅館或租來的家中。

由於多次洗滌

新婚的床單陳舊蒼白

但並不影響我們

在上面輕車熟路地做愛

我們拿毛巾代替衛生紙擦拭下體

因為可以反復使用。

自從公車開始收費

我再也沒乘著它到遠處買便宜菜

自從你離開塵世

一切都還老樣子

只是你經常去的那家川菜館

變成了洗頭打炮的按摩店。

世上只有兩個人

互相看見

隔著玻璃。

多年前

她與我之間
隔著淡淡的霧氣。

5

夜裡登上樓頂
拎著啤酒瓶看星星。
大多時候
風都吹響周圍的樹葉
皮膚下面
流了三十年的血
還在繼續湧動
白白的骨頭支撐起紅紅的肉。
至於那邊亮燈的建築工地正加班幹活的民工
今天中午還是我的顧客。
我給他們做撈麵條
堆得高高的
兩塊錢一大碗。
從樓頂下來陪老婆看了會兒電視
上海台東方夜譚主持人劉儀偉
逗得她哈哈哈哈地笑
我也跟著嘿嘿嘿嘿地笑。
然後回到書房
讀詩。
杜甫把自己視為

天地間一隻孤獨翱翔的沙鷗
龐德被關進精神病院
顧城舉起斧頭。
這些形象
在眼前飄浮
停留片刻
靜靜沉入黑暗。

6

把蝴蝶用圖釘釘在牆上讓它
保持飛的姿態
把西瓜切開
但流出的並不是鮮血。
一天傍晚
吃飽了沒事兒做
當電視正展覽領導的遺容
我雇了輛三輪車
來到兄弟們開的歌舞廳。
小娟還在
小麗也在
小娜說小紅去了深圳。
外面雨突然洶湧而下
門口積水迅速增高
我和小雪推杯換盞

滿嘴髒話。
這兒叫官庄鎮
我有個弟弟在北京
妹妹在青島。
我有陰莖和手指
用來深入和放棄。

7

第一場雪用潔白掩蓋了萬物。
如果有什麼
值得保留
那僅僅是
窗簾為風所動。
街道上行人迅速稀少
偶爾的幾個
縮著脖子低頭疾走。
曾經悠閒的散步
變成匆匆的趕路。
陰沉了幾天終於放晴了
屋簷下冰凌滴答滴答
滴答滴答
顯示著消逝的耐心
你買回準備燉胡蘿蔔的羊肉
給家帶來泥濘。

留在地面的足印
將隨著融化了無痕跡。
大地轉暗
倏忽已是傍晚
附近燈火映襯出瓦片上積雪寒冷的反光。
如果此時有人哭
有人笑
有人嘸氣
和你也沒什麼關係。

8

翻看舊信時掉下一張照片。
她微笑
我嚴肅
背景是剛剛綻開的桃花。
後來她去海南島教書。
五年級
我喜歡英文老師
長長的頭髮
大大的眼睛。
楊淑芳
挺俗的名字。
後來她調走
音訊全無。

我曾寫過一首詩叫小疼

十九歲

早晨八九點鐘的太陽

剛從監獄釋放。

今年被伊沙選入現代詩經。

我感到哭笑不得荒誕滑稽當他稱我總經理並誇我

年輕有為。

步瑞琪賓館

合肥。

與此同時我老婆在河南南陽大雪中擺攤兒

為幾塊錢

對他們陪著笑臉。

時間

仍在延續

或者說正在流逝

父親因為糖尿病牙齒全都掉光

安上了假牙

母親因為心臟病多次住院

妹妹終於領了結婚證。

我曾把一盤菜潑到母親臉上只因為太鹹

我曾詛咒父親

當他揪著我逼我理掉長髮

我記得電視裡妹妹跳著唱我們的祖國是花園。

我之前的人

與我之後的人

和我沒什麼區別
除了這些僅僅屬於我一次的事件。

9

祖國中部
南陽盆地
四季分明
土壤肥沃
盛產小麥和紅薯
三十多年前還勘探到了石油。
不久年輕的父親和母親將出現
在這兒上班下班
生兒育女
茅草房低矮潮濕
煤油爐黑煙嫋嫋。
失火是經常的——
我經常看見或聽見
紅色消防車揪心地尖叫
在東邊
在西邊
有時就在旁邊。
屋子右面幾百米處是木工廠
堆滿高高的原木
我和弟弟和劉濤和小雷

沒事兒就在其間鑽進爬出
有一次雨後還採到一叢肥肥大大的木耳。
我記不清是半路上扔了還是拿回家吃了。
我清楚地記得
我們院子裡有個女孩兒
當時大約十五六。
她讓我們喊她姑姑。
她撩起上衣
讓我們排隊輪流吮吸她胸部。
我很困惑當看到她眼睛微閉
嘴唇半張
鼻子哼哼著。
我很緊張當她輕輕摁著我的頭把潔白渾圓的乳房塞進我口中。
冬天堆雪人。
春天偷豌豆。
夏天摘桑葚。
秋天用彈弓打麻雀。
從這兒開始
我們睪丸增大
長出鬍鬚
然後又接著生兒育女。
不同的是
我們的孩子住的是樓房
而父親和母親退休後
下午一般都要出去轉轉

夜裡十點以前
基本都在看電視。

10

對墳墓而言
活人只是暫時還沒包進去的肉餡。
運載豬牛的卡車行駛在
通往屠宰場的路上
也是它們辛苦飼養者的希望之路。
拿兩個蘋果我遞給你一個最大的。
你指給我看
最大的那個上面將導致腐敗的黴斑。
盛夏
某夜
收攤回家
你指給我看腿根內側
因長時間接近炭火
而出現的密集紅疹。
明月朗照
窗外皎潔
萬籟俱寂
風吹樹葉
他們沉睡
我們點錢。

一隻狗忽然狂吠。
肯定是
被陌生的腳步突然驚醒。
我不知道畜生被打擾時的內心感受。
同樣地
我也不理解很久以前的我
如何不知不覺變成了
此時此刻的我。

11

第一場雪與第二場雪之間是來不及融化的雪。
在屋脊
在牆角
在樓頂枯萎的花卉表面。
寒冷的氣流吹動
燒烤的攤位
卻生意火爆。
一個吃奶的嬰兒哭著要喝黃酒
我們離去時
一個行人滑倒。
早晨推開門發現地上一隻凍死的蜜蜂
我把它掃走。
中午
對面的建築工地

一個討要不到工錢的民工
經歷了一個多小時的圍觀後
躍下六層樓高的塔吊。
救護車把它拉走。
我沒想到報紙上的事會發生在眼前。
我想到他家中的老婆孩子
正等著他回去過年。
從十一月份開始寫這組詩
昨天
我認為該結束了——
我沒想到這組詩收尾會以今天一條性命為代價。
元旦在即
春節在望
電視裡那些唱歌跳舞預備慶祝的人
明年還將唱歌跳舞
繼續慶祝。

2004.12.30

的確有過那樣一種時刻

大多數時間我用來睡覺
或者坐在樓頂喝酒
對面鋤地的農民
因為夕陽的照射而顯現溫柔的淡黃色調
青青的玉米葉子被風弄出聲音

如果下雨並下得很大苦楝樹將落下
一陣細碎的小花
燕子趕緊躲進屋簷
附近池塘水早就滿了
蝌蚪長成青蛙

的確有過那樣一種時刻
事物和我之間
建立了恍恍惚惚的美好關係
我看著你們在塵世奔走
但一點也不想知道你們的名字

2003.12.9

靜夜思

整個大地融入清白的月光裡。
墳墓和樹木之間
一條小路
伸向偶爾狗叫的村莊。
學校大門早就關了
我們得翻牆進去
二層是男生宿舍。
三層通往女生宿舍的樓梯口
上了鎖的柵欄隔開
下面睡夢中的勃起。

2003.12.29

寒流

把刀插進刀鞘就像
把我放回肉體裡。表面的平靜。
活著的人，有的還在爭取，有的
已完全放棄。

夜晚來了。天
又黑了。雖然夜晚終將過去。
我在守衛：我在寫詩。
星空遼闊，毫無意義。

2002.1.26

蒹葭

1

那些沒有的東西塑造了你
那些無望的東西。
事物被時間鋸成「事」和「物」
那些難以分開的東西。
在白紙寫下黑字
活著像罪證，死亡如橡皮
那些不能塗改的病句。
我喜歡你。我不喜歡說
我愛你。那些刻骨銘心的東西。

2

用玻璃杯喝水但喝不到玻璃。
用漢語寫作，因為不懂外語。
世界其實很簡單。不過是
吵吵鬧鬧，爭名奪利。
一加一不過是
肯定不等於一。

你肯定會老。我肯定會死去。
用整個夜晚做夢。但再也夢不到你。

3

被殺害的被遺忘銘記。
被銘記的，最好沉默不語。
說出就是破壞。
說出就是往白雪上吐痰。
說出來了，像氣球放掉了氣
你不答應我，像晴天下雨。

4

在南陽盆地我的才華如同放屁。
在南陽盆地，我寫詩，酗酒
偶爾也打打雞。我不純潔了。
我純潔得像個動物。
連嘴唇也不純潔了，你說——
當那天夜裡，我供認，曾經趁你醉了
吻過你。

5

我不想裝腔作勢。

我想惟美。卻擦不掉血跡。

我認為詩歌最忌諱酸腐和匠氣。

我不想想你。

我想你。

我認為愛就是錯覺和回憶。

6

是夜晚使我們神智不清。

是春天。

是欲望和好奇。

是憧憬。

是我們不曾經歷。

是年輕。

是貝貝抱著你，咬著

你的手指。

是魔頭落淚，面目猙獰。

7

白天的人都是扯淡。
夜晚的人，富一點兒的，尋歡作樂
窮一點兒的，看電視，侃大山。
白天我們彬彬有禮。
夜晚，走在桃花開放的小徑
我想摸你。那是九一年，華中師範。
我知道這樣寫有人會說，「不是詩」。
我還知道，把詩寫得太像詩，也是扯淡。
我不僅僅想摸你。我渾蛋。

8

必須有一個中心詞
語言圍繞著它，此伏彼起。
必須有根
在黑暗中糾纏，默默汲取。
詩歌必須有一個會疼的身體。
必須有腳才能走路。
必須活著，才能想你，或忘掉你。

9

目光從天空移向大地。
目光拐了個彎兒，向後
向深處的冰凌，那永不溶化的你。
時間使目光聚焦到極點
你在其中，所有的詞語都指向你。
我知道這麼寫有點兒知識份子。我決定
換一種口氣。
但發生的已經發生，無可挽回。
我決定一輩子都不見你即使你
就住我隔壁。
美好只存在於懷念中。
美好只存在於
當看著腦袋裡十八歲的你。

10

我生下來的時候你已經一歲。
我生下來的時候不認識你。
我生下來，是男的，還不會硬。
我生下來的時候還不會寫詩，更不知道
會在這首詩中提到你。

我生下來註定和你相遇。

我生下來，哭了。不是因為你。

2002.2.24

啞口無言

1

在一間屋子想到遠方的你。
它是磚砌的，裡面有鋼筋，外面
抹著水泥。小時侯我經常玩水
和小雷、弟弟。用指甲一劃
皮膚上就留下一道白印子。揍我們爸爸
用竹竿子。我們哭了。有時候不哭。
有時候我們用泥巴捏成坦克和大雞雞。
周扒皮被打得鼻青臉腫。群眾的智慧
來自底層的反抗。他是那種來自生活底層的
有唯美傾向的人。他沒見過魯力。

2

在一間屋子想到遠方的你。
在廢話中，詩歌顯現出
毫無意義的新意。我認為還是要首先寫得好。
我其實挺嚮往先鋒的。其實
就那麼回事兒。我算個屁呀，高中
都沒畢業。不要用你的高深嚇唬我我膽小

怕事/死。一臉無所謂的人是最幸福的人
連腦子一塊兒秤秤，大不了也就半斤吧
還不到八兩。在語言中，夢溢出來，量一量
還不到一百零三度。

3

在一間屋子想到遠方的你。
一間屋子，一個孤零零女子。
這麼想太殘忍。沒準兒她早結婚了呢孩子
都好幾歲了。張肆會說，吃醋了吧哈哈
吃醋了吧。醋泡大蒜，可治高血壓
預防心血管疾病。天才是人類的疾病。
九四年，我讀海子。我覺得席慕蓉比汪國真
寫得好。那又怎麼樣。都過時了。詩歌有時
是不知不覺就騙了你的東西
忽而面目猙獰，忽而綿綿細雨。

4

在一間屋子想到遠方的你。
想到和摸到
相差十萬八千里。我寧願只是想到。當然
能摸到更好。釋伽牟尼會說，有什麼好摸的
有什麼好摸的，不就是一堆肉，一具骷髏嘛。

釋伽牟尼是偉大的解構主義大師。
但豬八戒不同意了，「依著官法打煞，依著佛法
餓煞」。豬八戒是徹底的現實主義。
從流行的觀點來看，釋伽牟尼
屬於知識份子。而豬八戒扛著民間的紅旗。

5

在一間屋子想到遠方的你。
想到遠方的你，在一間屋子裡。
把首尾顛倒：嘴巴原來
也可以放屁。我可以本性流露
但更多時候，卻藏起自己。不像
金斯伯格。不像動物，當它們餓了，當它們
進入發情期。一定範圍的虛偽是必要的
要不然你光屁股大街上溜一圈兒試試。把腦袋
浸在語言中涼快會兒。要不然
就頭昏腦脹，逛逛商店，滿腹心事。

6

在一間屋子想到遠方的你。
遠方就是海南島的意思。你問余怒
的詩，是什麼意思，對此我一無所知
我就是喜歡。我看見漂亮姑娘

就是喜歡。你為什麼不問問上帝
為什麼要造男造女，男的，凸出來一點
女的，凹進去一些，那是什麼意思。
風吹動樹葉，鳥飛過天空
吃完了拉，拉完了吃
出生和死去——那是什麼意思。

7

在一間屋子想到遠方的你。
今夜，我在一間屋子想你。
今夜是三月六號，再過三個月
我就二十九了。我沒救了。我沒錢
買酒了。就是有錢也沒地兒買了都
這麼晚了。今夜天氣不錯，星星
如小學課本描述的，「眨著眼睛」。
上小學的時候，語文老師最喜歡我
我最喜歡，那個留長辮子的英語老師。
對了，姓楊。楊淑芳。挺俗的名字。

8

在一間屋子想到遠方的你。
你在遠方。我在一間屋子想你。
你在不在遠方都無所謂

我只不過，想借助你，寫幾行句子。

我都這麼大了，還裝個屌啊。

「屌」在古代寫做「鳥」。想一想，多麼詩意：

那玩意兒在空中撲楞楞地飛。

我有時候不喜歡說髒話。有時候喜歡。

而這個是一成不變的：我喜歡你。

更早的時候，我喜歡地道戰、加里森敢死隊。

2002.3.6

藝術之夜

在五樓的畫室我們喝酒。
我，王永平，老丁。
突然響起敲門聲。王軍來了。

在五樓的畫室我們繼續喝酒。
我漲得
難受
到陽臺
撒尿。
一抬頭。月亮出來了。

老丁差不多了。
我的話也越來越多了。
拿我的手機，他打給
大眾美髮屋。
撥了幾遍號碼才對了。

在五樓的畫室我們喝酒。
我漲得
難受
到陽臺

撒尿。
往下看。一個人影都他媽沒毬了。

在五樓的畫室我們喝酒。
我，王永平，王軍，老丁。
我們談詩。
我們談音樂。牆。嚎叫。
而金斯伯格死了而涅磐
早自殺了。這時候突然
響起敲門聲。小姐來了。

2001.4.20

山中

1

沿途寂寞暗香。
一些藍的、白的、紅的小花
總在我們一抬頭的地方。
踩著厚厚的吱吱的栗樹葉子
當杜鵑鳥的啼鳴
叫來好風
我們終於摘到了
從未謀面的野生獼猴桃。

用清泉洗臉。
在山頂
遠望浮雲。
她說，真想一輩子住在這裡
我說，扯淡。
「那多待幾天」
「我們還有時間嘛」。
我們還有足夠的時間

去死。

2

神泉居的夥計為我們端來
珍珠菜、燻鹿肉、自釀老白乾。
三個巡警
兩男一女
開輛破吉普前來打水。
真正的
優質礦泉水。
天突然黑在
最後一杯酒裡。
靜靜靜靜的山我們靜靜
暗暗走著。
可以聽見野雞
它們咕咕的母語。

3

可以聽見樹林和流水。
躺在木屋裡
可以聽見
小蟲子的祕密。
睡不著。
推窗，見月，黑糊糊的

太白山頂，梆梆的
木魚聲。
一位高僧五年前死去。

4

光膀子的民工不知道這兒風景美麗。
他們砸石頭，用沉默
養家糊口。
路邊賣茶葉蛋的小販覺得我們很傻
——大老遠趕來，又花錢，又累，幹嘛呢。
和尚熱愛豬油。

火紅的杜鵑漫山遍野，潔白的杜鵑。
她好像去了深圳。我高二的女同學，杜鵑。

2001.7.3

是

農曆五月十二，是我的生日。
一首正在寫著的詩，是我的身心正在被處理
——發情的力量，果斷的勇氣。
魔頭貝貝是我是全部的人，在他裡面靜靜鋸。

2001.7.11

展覽

長大了。宰割的時間到了。慶祝的時間。

我被開膛。赤身裸體，倒掛在鐵鉤子上。

買賣的人民經過我。那後蹄兒直立的一群。

2001.7.26

烏鴉

活在炎熱的冰冷中。用鋼筋和石灰抒情。
狹長的走廊，他們相遇
愣了一下，點點頭，各自反向走去。
世上只有兩個人，陌生而孤立。
前些天經過文化宮，你又想起他
那燒成了灰的人。死亡多麼耐心：磨著
黑暗的鐮刀。
年少時，你認為死多麼遠，多麼奢侈。

2001.8.2

像個祈禱者

抓住蝴蝶
撕掉她雙翅

抓住蝴蝶並撕掉
她雙翅

抓住
撕掉

讓他
死掉

腐爛的聲音多麼安靜
仇恨也越來越輕

2001.8.3

雙河鎮

抽油杆鑽探著大地彷彿在吮吸真理。
五塊錢乘輛公交，來到雙河鎮。

游泳的群眾鬆弛而慵懶。
他們三三兩兩，戲水，玩弄著沙子。
我喊，燕子，燕子，快來，這兒有好多小魚！
她就來了。白皙的腳丫，晃得我眼花。
追趕著蜻蜓，燕子在低空飛舞。

圓滑的卵石是領導的榜樣：以靜制動。
當你散去多年，它們還凝固那裡，無悲無喜。

2001.8.25

心有餘悸

1

從僵硬的岩石到舒展的芭蕉。
從葉芝吮吸液汁。語言張著
缺了一顆門牙的歪嘴，背著
緩衝閥和助跑器。你寫了那麼多句子
但什麼都沒減輕。依舊恐懼
炸雷和猝死。一個年輕人突然
變成灰燼。一把手術刀剖開童話的屍體。
你躲閃著。心有餘悸。

2

在此刻的孤獨中我逐漸
成為你。在夜晚蓋緊的罐子裡。白天
我搖身一變，看大門兒，抽抽煙。在
人不人鬼不鬼的局促的值班室——
你必須蒙上眼睛，才能透過領導的面孔
瞭望星辰。而下班就是下到
廢棄的礦井深處。除了石頭和遺骸，什麼都沒找到。
一輛汽車擦過恍惚的你。心有餘悸。

3

創作熱情空前高漲。唾液和精液
噴湧而出。在第十三行回首，目睹了一個
一滴一滴滴落的少年。成長就是用皮帶抽打嫩葉
催促它快步迎向秋天。什麼
都沒剩下。光禿禿的樹枝，黴爛的果實。什麼
都要毀滅。墳墓圍繞著
兩三個問號，一大把金錢。
口含懷疑，手抓物質。刀光一閃，人頭落地。
你慘叫一聲醒了過來。心有餘悸。

4

一釐米埋一個人顯然太擠。體制
還是慈悲的：好，給你們兩釐米。
死者坐在主席臺上，喝茶。訓斥
陰暗角落裡的吼聲。刷著紅漆。
昨夜，你把血偷偷灑到柏油路上
夢見葡萄從那兒長出來，青翠欲滴。
再讚美什麼就顯得可笑。最後一次
浮出頭來，回想水藻纏住的斷肢。心有餘悸。

2001.8.27–8.31

白蕩閘

1

好像要下雪。
沿途
是連綿的矮山、稻田、茶樹。
每個莊子都有自己的墓地和族譜
像村口蒼老的大槐樹
祕密的根
穿透死者
延伸到新蓋的房屋。
逢年過節，輩分最高的老人
被敬為上賓：作為禮品帶去的
那塊肥瘦相間的里脊肉，轉了一圈兒
又掛在自家牆上。
有個少年十六七，喊我爺爺
雖然我才十四五，而他爸爸叫我舅舅！
孩子們在廚房擠著，喳喳著，聽著
當我們喝酒；他們垂涎於
我們啃著的雞腿、豬排骨。

女人們，女孩子們，上不得廳堂
待在偏房，偶爾好奇地探出頭。

外面，天陰沉沉的。好像要下雪。

2

談不上什麼感情。
我生在河南，未滿月
就被抱到安徽，兩歲
又回到河南。
談不上對家鄉的山水人物
有什麼感情——
就像雪剛剛薄薄地鋪了一層
就被掃走
彷彿從沒有下過。
但是雪畢竟在心裡好像
留了點兒什麼。什麼呢？
我記得那年離開時，親人們送到很遠
我一回頭，他們還站在那兒，背後
炊煙幾縷幾縷地升起來，淡淡的。
淡淡的
混合著悲涼的感動。為愚昧，為貧窮。

2001.9.7

田野散步歸來

等待就是往空杯子裡倒空氣。
無所事事的人，相對於忙忙碌碌的人
多麼無恥，但掌握著一種
薄暮時曠野靜靜的蒼茫的力。
狗在看不見的地點吠叫。像幾粒螢火蟲
把黑暗燙了幾個小窟窿。我們開始返回並

順手點燃了路邊堆放的玉米秸桿——
當走了很遠再回頭，火焰早已熄滅。當我們
回到家，各自脫各自的衣服
摟著各自的老婆。當我們睡去月亮
瞪著我們各自的視窗。

2001.10.7

冬日獄中記事

隊長讓我們在這兒挖土為了
蓋大理石加工廠。
粉紅色螞蝗，被鐵鍬鏟成兩截。
地硬得
像放了好幾天的饅頭。
太陽驅散了薄霧。我們可以歇歇了，吸根煙
接著再幹——我沒想到這輩子還能當回農民
不，確切地說，是建築工人
——我沒想到竟挖出了一個骷髏頭。
午飯我們爭論著，碗裡的毛髮，究竟
是頭髮，還是毬毛
而隊長在一邊微笑著喝茶。
收工時我走在最後。回頭，看了看落日。
暮色像泥土，從我頭頂澆下。

2001.12.9

起訴書

1

我從十七歲開始搖晃。
血來了。
鐮刀和斧頭
來了。

2

我被騙了。
我原以為
我很聰明。
我被騙了。
那些我原以為知道的東西。

3

光天化日洗冷水澡。
突然胸口疼。
就那麼栽到地上
死了。

二十一歲。
媽媽的好獨苗。

4

捧著塑膠碗
蹲在操場上
喝稀飯。
雪，更大了。
白眉毛。

5

半年靜養。
一條胳膊。

6

現在他明白什麼是雞奸了。
雞奸
就是用雞巴
捅屁眼兒。

7

吐血了。
死。
對死的
恐懼。夕陽
西下。
垂柳看上去很溫柔。

8

紫紅色的陰囊敲起來嘭嘭響。
我怕極了。
「哈哈蛋子兒要爛了！」
我怕極了。
「沒事兒，開點兒維生素！」

9

乳房。
女人的局部。
女人。女人。女人。
他半夜爬起來假裝

上廁所——
洗褲衩。

10

你用電棍捅我。
你用巴掌甩我。
你用皮鞋踹我。
你用繩子吊我。
你命令我低著頭跪在牆根兒用皮帶
抽我。

11

上級來檢查。
上級走了。
嚼著
白菜幫子
腦海裡掠過
那未分娩的食譜：
早餐——稀飯，饅頭，土豆絲
午餐——米飯，徽菜扣肉
晚餐——蒸麵條，酸辣粉絲湯。

12

他唱「菜裡沒有一滴油」剛好
被他聽見。
遲志強的一句歌詞等於
七天見不到陽光。

13

那個強姦兒媳的老頭兒跳樓了。
因為明天就要自由了。

14

「我的弟弟，你好好寫，哥是不行了！」
說著
對看不見的仇人
又擊出一陣快拳。
我感到炸藥在他胸口嗞嗞作響。
我沒感到四年後他被押赴刑場。

15

半根藏了五天的白河橋煙。
捏碎。用報紙捲成細長細長的喇叭筒。
你一口。他一口。我們仨輪流
一人一口。
半根白河橋煙燃盡了
這個小男孩的十八歲生日。

16

夜裡渴得不行而停水了。
池子中下午的洗澡水。
張大嘴。咕嘟。咕嘟。

17

睡著的光頭好像無知的鵝卵石。
數一數。正巧十七個。
本來應該十八個。
今兒早上剛被
拉出去幹掉一個。

18

一個頭，兩個爪子，胸肋還殘存
幾縷雞肉。
在簽字薄上我寫道
今收到燒雞一隻。

19

當我第一次看到您站在製坯用的高高土堆上的背影我覺得
您歷盡了滄桑。
您有一張磚形的臉，嗓門洪亮。
您關心地拉著我滿是血泡的手說
「幹不動就別幹了，歇著嘛」。
有一天您突然不高興了直到我
塞給您一個信封您捏捏
內容豐富。
聽他們背地裡講您的外號叫大炮
就是老二特別大的意思。

20

得了痢疾拉肚怎麼辦？
趕快去屙屎。

剛解完肚子又疼怎麼辦？
趕快去屙屎。
那些天大家捂著肚子
心事重重的樣子。
都是蒼蠅惹的禍。
都是我們不講衛生的錯。

21

你嚇了一跳。
一隻失足跌進鍋裡的老鼠
使南瓜湯的滋味更加美妙。

22

她來看我當時我們正在列隊報數。
她用老同學的身分
來看我。
用魯迅全集、大塊滷牛肉、少女的香氣
她來看我。
她來看我只能看見腦袋光光的我。
她來看我只能看見灰塵滿面的我。
她看不見
我心裡的哭。

23

「趙老歪那傢伙牛屄得不像樣子！」
「媽了個屄的整他娃子！」
「怎毬弄？
他爹農行行長！」
「行長怎了，公家的錢
老子銀子有的是！」
「那今兒黑了擺一桌
請李隊長，他好喝
酒一喝，臉一抹，整不死他個狗屄！」

24

「陰、陰、陰道的陰」
我們跟著念
「陰、陰、陰道的陰」
大夥都笑了。
「媽的你怎當老師的！」
「媽的也不想想你怎進來的！」
「媽的腦子裡還淨是屄！」
啪，一耳光。
像硬夾著一個屁，大夥
都不笑了。

25

從黑豬毛揀出白豬毛如果黑豬毛多。
如果黑豬毛少
從白豬毛揀出黑豬毛。
報酬是
一勺肉湯。
可肉在哪裡？
那剝光了豬毛的豬肉？

26

那挖地洞逃跑的人有福了——
仇恨一下子
被空氣的嘴吸乾——
自由
比子彈的速度更快地降臨——
當武警的鋼槍瞄準
他僥倖的後腦勺。

27

蝨子貼著皮膚爬爬爬。
我們光著膀子掐掐掐。

今天是個好日子。
牆根下，一排排，曬太陽。
今天是這些吸血鬼倒楣的好日子。

28

他被抬走時雪還在下
我們還蹲著，吃著。
到死也沒弄清
女人的身體究竟什麼樣。
他愛畫她們。
乳房挺像
陰部
則塗得一團黑。
像燈還沒亮起來
我們蹲在地上吃飯
偶爾抬頭
看到牆外的天空
那麼黑。

29

口渴的孩子聽見星空的暴力。
他背唐詩
一遍一遍地念。

李白搧得他
眼冒金星。

30

她們倆穿著警服真好看。
鼓鼓的胸，圓滾滾的屁股，真好看。
她們回頭瞟我一眼我臉
就發燒了。
她們回頭瞟我一眼並竊笑。
我感到受了侮辱。
我恨我的生理反應。

31

凍土層挖起來真費勁。
可血太燙了，不能喝。
隊長叼著煙，來回巡視。
某個瞬間武警的操練聲傳到
鐵鍬的耳際。
我抖動。像北風捲過紅旗。

32

因為吐血我被送往南陽衛校附屬醫院。
嚥下白色粉末，做透視。
連續三天我注意到
屎巴巴的蒼白。有氣無力。

33

冷風裡我來回
走動。煤火很旺
烤饅頭。此時全家圍坐
但少了一人。除夕之夜披著大衣我來回
不安地走動。

34

他說班長再給根煙吧
班長說你哪天執行他說
估計大後天。
好吧，給你一盒，接著
——班長真大方——看在
死的面子上。

35

灰灰菜、馬齒菜、掃帚苗。
開水一燙，撒點兒鹽。
要是有蒜瓣兒就好了。
要是再來點兒小磨油
就更好了。
民以食為天。

36

從酒開始又結束於
酒。
從狂妄到算清
天多高，地多厚。
從男孩到男人。
從產房
到太平間。

37

一身的尿騷剛進門
他們給我洗澡。
幾個同鄉。沒挨打。沒挨著廁所睡覺。

不准熄燈。沒黑沒夜。
沒完沒了的豬毛豬毛和豬毛。
笑眯眯的臉問想吃點兒什麼他聽見
槍子兒的呼嘯。

38

我們扯幾根陰毛裹在紙裡揉成團往那邊扔。
她們拽幾根陰毛裹在紙裡揉成團往這邊扔。
不同的是
她們用白淨淨的衛生紙
我們用髒兮兮的舊報紙。

39

從傾斜的窗口戰士欣賞她拉屎撒尿。
她罵，你姐的屄才好看，你妹的屄才好看。
他罵，你個賤屄，你個臭屄，你個騷屄。
她反問，你媽沒屄你石頭縫裡蹦出來的？
隔壁的我們偷偷樂了
我們認為
她說得好！

40

進了大鐵門
先喝三百盆。
關上百十天
母豬賽天仙。

41

餓得扶著牆走。
饅頭真香。刻骨銘心如同
第一次接吻。

42

你是我胸口永遠的痛。
你是我胸口永遠的洞。
你是我枕頭上粘著的髮絲
夜夜粘在枕頭上。

43

小媳婦便宜
五塊錢一搞。

紅燒肉真貴
十塊錢半斤。
老大爺隔著鐵絲網數鈔票，樂歪了嘴。
國徽給我們望風，挺直了腰。

44

連鞋帶也收走了。
拖拉著鞋，踢嗒踢嗒，經過鬧市區。
圍觀的良民滿臉鄙夷。
尼祿說，一個多麼偉大的詩人在我身上死了。

45

一個多麼偉大的詩人在我身上死了。
一個貌似莊嚴的世界突然變得滑稽。
哭笑不得。吸著
摻了頭疼粉的自製捲煙。喝著
李隊長偷偷賣的劣質白酒；
進價一塊三，收十塊；
今兒晚上有個大會他將義正嚴辭教導我們
如何改造我們那醜惡的靈魂。

46

寫不下去了越寫
越寫不下去。
骨頭上蠕動的蛆。

未完。
待續。

2001.7.23–8.13

趴在岩石上的蜥蜴

趴在岩石上的蜥蜴。
安靜。

安靜是群山的屹立。

屹立事物的心臟：
小小的蜥蜴。

日光溫暖。
蜥蜴安靜。

如果日光強烈並煽動。
那麼蜥蜴將狂熱而推翻。

趴在岩石上的蜥蜴。
群山之外的美麗。

1991.5.23.獄中

空心人

有一次
可能是冬天吧
我避開鬧哄哄的人群
連自己也不知道
究竟
想去哪裡
就獨自走著
很安靜
甚至可以聽見
鞋子敲打地面的聲音
不知為什麼
我
就來到了那個地方
坐下
靠著一根
歪歪斜斜的
樹幹
很安靜
幾片葉子閃過我的眼睛
掉在地上
很安靜

我又看看天
天，灰灰的
也很安靜
當時我並沒有想什麼
當時我什麼都沒想
只是
靠著一根
冰涼的樹幹
坐在那裡
就連偶爾的幾聲
烏鴉的叫喚
也沒能打動
我安靜的姿勢
我的腳邊有一叢
很高的雜草
都發黃了
可有誰會去
留意它們
並且關心地
澆一澆水
我的眼睛一下子
變得濕潤

現在我還記得
那一天的夕陽

又紅
又圓
慢慢
沉下去
現在我還不明白
為什麼
一個瘦瘦的男孩
會莫名其妙
坐在那裡
整整一個下午
陪伴周圍靜靜的
墓地

1991.6.27.獄中

作品61號

他背抵柳樹低誦一首唐詩的夜晚

涓涓的唐詩繞過愁懷
依依的柳樹支持夜晚

夜晚他低誦一首唐詩背抵柳樹就這麼隨隨便便
被月光感染

被遠去的身影波瀾

甚至什麼什麼也沒有
甚至
變藍

眾鳥高飛盡
孤雲獨去閑
相看兩不厭
只有敬亭山

1992.5.20.獄中

小疼

晚上的樹大而黑

我就在那時 出現
拎著空酒瓶
甩掉空酒瓶
我就在那時 瞪眼

在大而黑的樹下
我很小
碎的聲音很白 很疼 很尖
在大而黑的樹下
我火花一閃 沒人看見

1993.5.6

無法抵擋

無法抵擋。越來越軟弱。傾向於黑暗。
在第二十個年頭蓋房子又推倒它
同情深土下的蚯蚓，那些彎曲的抒情者
拱不透窒息。我把這一切揉成一團
或者撕碎、亂扔。如果此時你伸出手
就會摸到
廢品裝滿了我的身體。

1995.4.20

內傷

人流。街道。
汽車駛過麻木的神經。
八點鐘的太陽的燒餅。辦公室裡
跳動著一顆心。

我眼睛的話語的灰塵又積滿這張桌子
雖然剛剛才掃拭乾淨。
報紙沒來。繼續觀察窗外。
鴿子立在對面的屋頂。
T小姐，十三年前的黃花閨女，手持圓鏡。
她驚詫時間如此善於變化：在額頭
是波紋，而兩個眼角卻呈魚尾狀……
她驚詫某某死了，感歎著菜價。電話

驟然響起。好似腹瀉，迫不及待——
打錯了？就像飛蛾撲向火焰：而它竟是冰做的！
此刻我手中的杯子多麼空虛。水
躲在四米遠的茶瓶裡。

掉進這個房間，這種窒息。一隻蒼蠅再也
無法飛出去。綠色沒來。也許永不到來。

沒有翅膀的窗外，陰雲
壓向人類的屋頂。

1996.12.4

潰爛

在時光裡有時我感到厭倦。
我殺雞
聽它們絕望的咯咯。美味
旅行罷了腸道
就從肛門回到土中
在那兒獲得新生、碧綠。在那兒

更大的寂靜被渺小的耳朵反復傾聽
活著，需要著，多麼鹹腥。
在那兒，他人臉上
突然看見自己的臉
當你試著說，愛
發出的竟是狗叫。
並且永遠有一種無法融合的對立面
鼻尖朝著刀尖。朝著那

騎白馬的公子，她感到
濕了，偷偷，綻開。
屋宇、樹木、動物
沉進漆黑的光線裡，彷彿從不存在。

1997.3.23

超低音

我沒有聽過巴赫
我曾經拔河

它輸了
它贏了

黯淡地找到方向
如餓狗找到石頭

2000.7.10

亂彈琴

時間在虐待，地址在拘留：我詩的基本氣息：所有語句，最終都指向此：彷彿落葉歸根。

淡藍，藍，黑藍：我詩的基本色調：以漫漫長夜為背景：彷彿血紅的報復。

一件作品的內容隸屬於語言所呈現出的結構。金剛石與石墨，同一種元素，結構變化了，則產生了截然相反的質地。也就是說，形式是關鍵。

從最初比較明晰的敘述，到最近幾年的言不由衷、枉顧左右而言他，從尖銳、刺耳、刺眼到苦澀、晦澀，這其中，時間的酵母起了決定性作用。在時間以外，事物什麼也不是。

空間在語言中起著至關重要的輔助作用。窗含西嶺千秋雪。窗含西嶺：空間，千秋：時間。所以說，一首詩中的時空感是詩得以成立的要素。

硬要命名的話，我詩可以稱為結構表現主義。我詩借假成真。

從純粹個人角度打量世界，就像一個真正的詩人只能寫出自己的詩：他不再聽從外來召喚，而只服從自己的內在波動。這波動使語言得以進行下去，從而形成一首詩。

法則是存在的。我的法則是一個三角形：語言，結構，氣息：它們之間相互生成，循環往復。

詩必須有一個會疼的身體。一個個詞，穿過心臟，被拋向空中，而又恰好落在心臟周圍。這樣的詩必定有滋有味。

從根本上說，詩即無中生有。就像恐龍時代，人即暗含其中。

我基本的作詩法就是東拼西湊：把天南地北，古往今來，雞毛蒜皮，苦心積慮納入語言結構中。

苦是一粒種子。經過時間澆灌，長成了我詩。

起點從一個詞開始。終點是另一個詞。一個個各不相干的詞，構成了一首詩。但它們之間在整體上必須形成某種關係。詩就是詞句之間關係的總合。詩就是頭顱被摁在水中，突然得以抬頭呼吸的剎那。以呼吸為目的，在窒息中，詩顯現。像空穴來風而不知風來自何處。

我詩往往猛地一沉，或縱身一躍。

相對來說，平衡感是決定一首詩成敗的一桿秤。平衡感即緊張與鬆弛的對立統一。

閱盡了人間冷暖，詩中自有冷暖。作者和讀者如人飲水，冷暖自知。

詩有界限：它可以言之無物，但不能味同嚼蠟。詩最起碼要有餘音、餘輝。詩最好要有沒說出的東西。

殊途同歸：這一首詩和那一首詩。

確鑿地，我詩根源於我，卻結出了形態各異的果實。同一棵樹上，綴著鴨梨和罌粟。

破壞是必要的。不破不立。在破壞原有結構的基礎上，語言有了新的可能。

注重偶然性。像一顆精子，恰好遇到了一粒卵子。毫不猶豫撲向她。生命得以誕生。

對某些詩來說，沒意思即有意思。

語言效果取決於作者對語言細微處的敏感程度。語言效果決定於作者熔鑄存在的能力。語言即作者的本質存在。一首詩語言之間的相互衝突和最終妥協，往往孕育著曖昧的所指的不確定。

馬蒂斯說，簡潔才能有力。我說，對存在體驗得深廣，語句才能有力。一張十四歲的臉不可能掛著含淚的笑。

羅伯特、塞巴斯蒂安、安東尼、馬塔、艾考倫，稱他的油畫為內心風景、心理形態學。我詩亦如是。

直接、感性，是我一貫遵循的原則。賈科梅蒂把青銅當作油畫布去上色。痛感是我詩的青銅。

作為意志和表象的世界（叔本華）。作為顫慄和悲劇的載體的語言。

只有兩種東西：真理和謊言（卡夫卡）。只有兩種詩：真詩和假詩。

在漢語範圍內，大師尚未出現。這意味著我、我們，大有可為。

再也沒有比這更幸運的了：十七歲，他就進了監獄：對後來形成了他個人烙印強烈的語言風格而言。

選擇詞彙即選擇某種命運。

不是感情，而是詞彙構成詩（馬拉美）。不是詞彙，而是感情構成詩：反過來也成立。

結尾的輕輕的重重的一擊。像針扎向膨脹的氣球。

一首詩永遠沒完成，除非被扔掉（瓦雷里）。這促使我寫出下一首詩。一首完美的詩是不存在的：但一直在眼前閃耀：近在天涯，遠在咫尺：這引誘我寫出下一首詩。

為了發現詩，我過著庸俗的生活。

寫：在孤立無援中：這意味著我脫光了所有服飾，只穿著心跳、血液。寫：被語言拉下水：不得不被迫使盡渾身解數把自己變成一條魚：要不然就得憋死。

沒經過刻意為之，卻想著天然去雕飾：緣木求魚。

詩之所以為詩，就在於它的高度濃縮。像一滴血滴入了江河。

以繽紛的詞彙，來鑲嵌木已成舟的存在。雖然我要的只是一錘定音的結果。

凡是夜裡叫的東西，無論什麼都是好的，只有嬰兒除外（清少納言）。只有我除外。我是喊叫，哀嚎。在舌捲入喉的語言中。

詩說著我們的無話可說。

2014.4.16.5:18/2015.2.18

讀詩人66　PG1408

相見歡
──魔頭貝貝詩選

作　　者　魔頭貝貝
責任編輯　李書豪
圖文排版　周妤靜
封面設計　蔡瑋筠

出版策劃　釀出版
製作發行　秀威資訊科技股份有限公司
114 台北市內湖區瑞光路76巷65號1樓
電話：+886-2-2796-3638　傳真：+886-2-2796-1377
服務信箱：service@showwe.com.tw
http://www.showwe.com.tw
郵政劃撥　19563868　戶名：秀威資訊科技股份有限公司
展售門市　國家書店【松江門市】
104 台北市中山區松江路209號1樓
電話：+886-2-2518-0207　傳真：+886-2-2518-0778
網路訂購　秀威網路書店：http://www.bodbooks.com.tw
國家網路書店：http://www.govbooks.com.tw
法律顧問　毛國樑　律師
總 經 銷　聯合發行股份有限公司
231新北市新店區寶橋路235巷6弄6號4F
電話：+886-2-2917-8022　傳真：+886-2-2915-6275

出版日期　2016年1月　BOD一版
定　　價　380元

Printed in Taiwan

國家圖書館出版品預行編目

相見歡：魔頭貝貝詩選 / 魔頭貝貝著. -- 一版. -- 臺北市：釀出版, 2016.01
面； 公分. -- (語言文學類；PG1408)
BOD版
ISBN 978-986-445-032-9(平裝)

851.487 104011909

讀者回函卡

感謝您購買本書，為提升服務品質，請填妥以下資料，將讀者回函卡直接寄回或傳真本公司，收到您的寶貴意見後，我們會收藏記錄及檢討，謝謝！
如您需要了解本公司最新出版書目、購書優惠或企劃活動，歡迎您上網查詢或下載相關資料：http:// www.showwe.com.tw

您購買的書名：______________________________

出生日期：________年________月________日

學歷：□高中（含）以下　□大專　□研究所（含）以上

職業：□製造業　□金融業　□資訊業　□軍警　□傳播業　□自由業
　　　□服務業　□公務員　□教職　□學生　□家管　□其它_____

購書地點：□網路書店　□實體書店　□書展　□郵購　□贈閱　□其他

您從何得知本書的消息？
□網路書店　□實體書店　□網路搜尋　□電子報　□書訊　□雜誌
□傳播媒體　□親友推薦　□網站推薦　□部落格　□其他__________

您對本書的評價：（請填代號　1.非常滿意　2.滿意　3.尚可　4.再改進）
封面設計____　版面編排____　內容____　文／譯筆____　價格____

讀完書後您覺得：
□很有收穫　□有收穫　□收穫不多　□沒收穫

對我們的建議：______________________________

____

____

____

請貼
郵票

11466
台北市內湖區瑞光路 76 巷 65 號 1 樓
秀威資訊科技股份有限公司 收
BOD 數位出版事業部

(請沿線對折寄回，謝謝！)

姓　　名：________________　年齡：________　性別：□女　□男

郵遞區號：□□□□□

地　　址：____

聯絡電話：(日)________________　(夜)________________

E-mail：____